KB032944

WISHBOOKS MODERN FANTASY STORY

세상S 장편소설

뜨겁게 던져라

뜨겁게 던져라 1

세상S 장편소설

초판 1쇄 찍은 날 | 2017년 10월 23일
초판 1쇄 펴낸 날 | 2017년 10월 30일

지은이 | 세상S
펴낸이 | 예경원

기획 | 위시북스
편집책임 | 이규재
편집 | 이즈플러스

펴낸곳 | 예원북스
등록번호 | 제396-2012-000132호
등록일자 | 2012. 7. 25
KFN | 제1-159호

주소 | 경기도 고양시 일산동구 호수로 646-24 위너스21II 빌딩 206A호 (우)10401
전화 | 031-819-9431 팩스 | 031-817-9432
E-mail | yewonbooks@naver.com

ⓒ세상S, 2017

ISBN 979-11-6098-592-4 04810
      979-11-6098-591-7 (set)

WISHBOOKS MODERN FANTASY STORY

세상S 장편소설

뜨겁게 던져라 ①

- 과거로 -

뜨겁게 던져라

CONTENTS

Prologue

1

"기사님, 이번 것은 긴급이라, 중간에 빠지면 안 됩니다. 곧바로 울산 공장에 가야 합니다."

"네네, 알겠습니다."

"안전 운전 하시고요."

"걱정 마세요."

직원의 잔소리를 한 귀로 흘리며 강동원은 윙 바디로 된 철제문을 닫고 신속하게 운전대에 올라탔다. 그리고 버튼을 눌러 시동을 걸었다.

부아아아앙-!

육중한 엔진 소리가 들리며 시동이 걸렸다.

"자, 그럼 출발해 볼까."

에어파킹이라고 적힌 기어 레버를 젖히자 요란한 방귀 소리처럼 공기가 빠져 나갔다.

"푸슝~"

입으로 그 소리를 따라하며 강동원은 천천히 액셀을 밟았다. 그러자 거대한 트럭이 힘찬 엔진음과 함께 천천히 앞으로 움직였다.

2

4월 말의 봄 날씨라서 그런지 오전이지만 따사로운 햇살이 트럭 안으로 들어왔다.

"날씨 한번 지랄 맞게 좋네."

선글라스를 끼고 한 손으로 핸들을 휘돌리던 강동원은 고속도로에 진입하자마자 습관처럼 라디오를 틀었다. 하루 종일 운전대만 잡고 있다 보니 라디오가 아니고서는 세상 돌아가는 이야기를 제때 들을 수가 없었다.

그런데 때마침 달갑지 않은 소식이 귓가를 울렸다.

─긴급 속보입니다. 프로야구 광주 타이거즈의 투수 강동

열 선수가 오늘 오전 은퇴를 발표했습니다.

"뭐?"

대수롭지 않게 라디오에 귀를 기울이던 강동원의 눈이 화등잔만 하게 커졌다. 어찌나 놀랍던지 하마터면 엉뚱한 샛길로 빠져 버릴 뻔했다.

그만큼 광주 타이거즈 강동열의 은퇴 소식은 충격적이었다. 광주 타이거즈 팬들도 난리가 났겠지만 강동원도 핸들을 움켜쥔 손이 부들부들 떨릴 지경이었다.

"동열이 이 자식은…… 몇 년이나 했다고 은퇴를 하겠다는 거야?"

강동원이 질근 입술을 깨물었다. 그렇게 잘난 척을 해댔으면 못해도 마흔까지는 공을 던져야지. 고작 서른셋밖에 안 됐는데 은퇴라니. 이해가 가질 않았다.

"설마 구단에서 마무리로 전향시킨 것 때문에 그런 거야? 새끼, 진짜 배가 불렀다니까. 누구는 하고 싶어도 못 하는 야구인데 진짜……. 아오!"

강동원이 손에 쥔 핸드폰을 힘껏 움켜쥐었다. 마음 같아선 강동열에게 전화를 걸어 당장 은퇴를 번복하라고 한 소리 하고 싶었다.

하지만 야구 선수로서 실패하고 고작 트럭 운전기사로 살아가는 자신이 한때 선동열의 재림이라고까지 불렸던 강동열에게 쓴소리를 할 수는 없는 노릇이었다.

"젠장할, 그때 수술을 받았어야 했는데……."

겨우내 분을 삭인 강동원이 습관처럼 주절거렸다. 만약 어깨 부상을 당했을 때 재활 대신 수술을 선택했다면 강동열의 은퇴 소식에 길길이 날뛰는 일도 없었을 것 같았다.

이제는 옛 이야기가 되어버렸지만 아마추어 야구 시절까지만 해도 강동원은 전도유망한 투수였다. 사촌동생 강동열과 함께 포스트 최동원-선동열로 불리기도 했었다.

솔직히 고등학교 때는 강동원이 강동열보다 잘나갔다. 특히나 고등학교 2학년 때 청룡기 고교 야구 준결승에서 퍼펙트게임을 달성하면서부터는 괴물 투수, 탈고교급 투수라는 타이틀을 얻었었다.

그 시절 강동원을 데려가겠다는 프로야구 구단은 차고 넘쳤다. 일본은 물론 미국 메이저리그에서조차 강동원을 보기 위해 스카우터를 파견할 정도였다.

187㎝, 98㎏의 크고 다부진 체격은 멀리서 보더라도 위압감이 느껴질 정도였다. 거기에 최고 구속 150㎞/h에 이르는 포심 패스트볼과 전성기 최동원을 연상케 하는 낙차 큰 커브, 서드 피치로 손색이 없다는 평가를 받는 체인지업까지 선발 투수로서 무엇 하나 흠잡을 데가 없었다.

고등학교 3학년 때 잠시 주춤하긴 했지만 강동원은 메이저리그행을 포기하고 역대 최고 계약금 12억을 받으며 부산 자이언츠에 입단했다.

부산 자이언츠 사장은 한국시리즈 우승을 기다려 온 자이언츠 팬들을 위해 제2의 최동원, 강동원을 영입했다며 기대감을 감추지 않았다.

하지만 그 기쁨은 오래가지 못하였다. 고등학교 때 어깨를 너무 혹사시킨 나머지 뜻하지 않게 어깨 부상이 찾아온 것이었다.

어깨 상태를 면밀히 살핀 의사는 수술을 권했다. 그러나 자이언츠 구단은 12억이나 주고 데려온 강동원을 이대로 수술대에 올릴 수가 없었다.

"참고 던질 수 있제? 그렇제?"

강동원은 구단의 권유로 수술 대신 재활을 선택했다. 그리고 데뷔 첫해부터 3선발로 시즌을 시작했다.

4월이 지나고 찾아온 5월.

강동원은 화려하진 않지만 준수한 경기력을 보여주었다. 하지만 그에게 있어 최악의 6월이 찾아오고야 말았다. 6월의 첫 등판에서 타구에 팔꿈치를 맞는 불행이 닥친 것이다.

큰 부상은 아닐 것이라 여겼지만 설상가상 그것을 계기로 또다시 어깨 부상이 재발하였다. 결국 담당 의사로부터 시즌

아웃이라는 최악의 선고를 받게 되었다.

사실 이때도 담당 의사는 수술을 권하였다. 차라리 잘됐다며 쉬는 김에 확 뜯어고치자고 말했다. 그러나 수술 후 복귀까지 최소 1년은 걸린다는 소리에 강동원과 구단은 또다시재활을 선택할 수밖에 없었다.

그렇게 재활로 남은 시즌을 보낸 뒤 강동원은 시한폭탄 같은 어깨를 안고 다음 해 다시 마운드에 올랐다. 하지만 성적은 형편없었다. 구속도 나오지 않았고, 제구력도 좋지 않았다.

4월에 승리 없이 3패. 5월에는 1승 4패.

평균 자책점은 6.25까지 올라갔다.

자연스럽게 팬들의 불만이 쏟아지기 시작하였다.

강동원도 답답하기는 마찬가지였다. 사실 진통제 주사까지 맞아가며 마운드에 올랐지만 돌아오는 것은 팬들의 야유와 끝없이 쏟아지는 부정적인 기사뿐이었다.

결국 구단은 고민 끝에 강동원의 부상 사실을 밝히고 수술을 받기로 결정을 하였다.

남낭 의사는 어깨 손상이 처음보다 훨씬 너 심해졌다며 수술을 받더라도 예전의 기량을 완전히 회복할 수 있을지 장담하기 어렵다고 했다.

그렇게 토미 존 서저리를 받고 강동원은 두 번째 시즌을 또다시 통째로 날려 버리고 말았다. 게다가 재활까지 더뎌지며 세 번째 시즌도 날아갔다. 이를 악물고 훈련한 끝에 네 번째 시즌 후반기에 마운드에 돌아왔지만 애석하게도 그를 위한 자리는 없었다.

시즌 막판, 포스트시즌 진출이 물거품이 되자 구단은 강동원에게 다시 한번 기회를 주었다. 하지만 예전처럼 강동원이라는 이름에 환호하는 팬은 많지 않았다.

강동원은 팬들에게 뭔가를 보여주겠다고 이를 악물고 공을 던졌다. 그러나 긴장한 탓일까. 패스트볼은 140㎞/h도 나오지 않고 커브는 치기 딱 좋은 아리랑 볼이 되어 있었다.

최악의 컨디션에서 3이닝 10피안타 7실점.

야구 인생 최악의 경기 결과를 남긴 채 강동원은 강판을 당했다. 고개를 떨어뜨리며 마운드를 내려가는 그에게 팬들의 야유와 질책이 쏟아졌다.

그해 말 몇 번 더 경기에 나갔지만 결과는 마찬가지였다.

결국 구단은 강동원에게 은퇴를 권했다. 나이는 어렸지만 재기할 가능성이 없다고 판단한 것이다.

"다른 구단으로 보내주십시오."

자존심이 상한 강동원은 다른 구단으로 트레이드를 요구했다. 그러나 그를 받아주는 팀은 나타나지 않았다. 오히려 언론을 통해 강동원이 부산 자이언츠의 앞길을 막고 있다는 기사가 터져 나왔다.

"치아라, 인마!"

"니가 무슨 투수고?"

"이름 바까! 바꾸라고! 닌 동원이라는 이름을 가질 자격이 읍써!"

"이 세리! 차 좋은 거 보소! 고작 그 성적에 이런 차 타고 다니고 싶나? 으이?"

팬들은 강동원을 봤다 하면 욕설부터 퍼부었다. 어찌나 심했는지 아예 밖을 나갈 수도 없었다.

"조금만 참자. 분명 날 원하는 곳이 있을 거야."

강동원은 집에 틀어박혀 좋은 소식이 들려오길 바랐다.

하지만 끝내 강동원을 원한다는 팀은 나오지 않았다. 그렇게 강동원은 벼랑 끝에 떠밀리듯 은퇴를 하게 됐다.

그가 은퇴한 날.

신문에서는 강동원을 비난하는 기사들이 마구 올라왔다. 몇몇 언론사는 강동원을 역사상 최고의 먹튀라 부르기도 했다.

상처만 안고 야구계를 떠난 강동원은 먹고살기 위해 사업에 뛰어들었다. 하지만 아는 것도 배운 것도 없는 강동원은 사기를 당하기 딱 좋은 팔자였다.

말도 안 되는 사업에 통장에 남은 5억을 전부 쏟아부었다가 강동원은 빈털터리가 되고 말았다.

사기를 당했다는 사실에 잠시 자살을 생각하기도 했지만 강동원은 이내 고개를 저었다. 힘겹게 자신을 키운 홀어머니를 두고는 도저히 죽지 못할 것 같았다.

"뭐든 시켜주십시오. 열심히 하겠습니다."

강동원은 몇 안 되는 지인에게 찾아가 사정했다. 그리고 그들 중 한 명이 소개시켜 준 곳에서 일을 시작했다가 지금은 이렇게 팔자에도 없는 운전대를 잡고 힘겹게 살아가는 중이었다.

그런데 자신은 하고 싶어도 못하는 야구를 하며 살아가는 강동열이 팔자 좋게 은퇴라니.

"재수 없는 새끼."

강동원이 다시금 욕지거리를 내뱉었다.

만약 자신이 강동열처럼 프로야구에 남아 있었다면?

마무리가 아니라 패전조에서 공을 던진다 해도 행복할 것 같았다.

❽

한참을 달리던 트럭은 금강 휴게소에 잠깐 멈춰 섰다.

"으으. 급하다, 급해. 싸겠다."

시동을 끄기가 무섭게 강동원은 냅다 화장실로 뛰어갔다. 춥고 배고픈 건 얼마든지 참을 수 있지만 생리현상만큼은 도저히 참아지지가 않았다.

"싸고 나니 배가 고프네."

화장실에서 나온 강동원이 슬쩍 스낵 코너를 바라봤다. 모든 휴게실이 그렇듯 화장실 바로 옆에 스낵 코너가 어서 들어오라며 냄새를 펄펄 풍기고 있었다.

"라면이라도 하나 먹을까?"

강동원은 힐끔 시간을 확인하였다. 강동열 때문에 열이 받아서 미친 듯이 달린 덕일까. 도착 시간까진 아직 넉넉하였다.

"그래, 먹고살자고 하는 짓인데 라면 하나 때리고 가자."

잠시 망설이던 강동원이 이내 스낵 코너 안으로 들어갔다. 그리고 무심하게 사람들을 피해 메뉴판 앞으로 가서 섰다.

"오늘 장거리 뛰는데 사치 한번 부려봐?"

장난스럽게 메뉴판을 훑어 내리던 강동원의 표정이 순식간에 구겨졌다. 다른 음식들은 둘째 치고 라면 옆에 4천 원이라는 가격이 적혀 있었다.

"쳇, 뭔 라면 값이……."

강동원이 혀를 내둘렀다. 휴게소 물가가 비싸다는 건 알고 있었지만 라면 한 봉지 사서 물 넣고 끓이는 데 4천 원은 해도 너무하다는 생각이 들었다.

물론 수중에 그 정도 돈이 없는 건 아니었다. 다만 한 푼이라도 아껴야 했기에 다른 메뉴를 고를 엄두는 나지 않았다.

"라면이 4천 원이면 너무 아까운데. 5백 원 차이인데 만두라면 질러?"

가장 저렴한 두 메뉴를 두고 강동원은 잠시 고뇌의 시간을 가졌다. 하지만 그것도 잠시.

"뭐야? 이게 만두 라면이야?"

"헐, 만두 꼴랑 두 개 넣었네."

뒤쪽에서 들리는 불평스러운 목소리를 접하고는 냉큼 마음을 고쳐먹었다.

"라면 하나 주세요."

"라면 하나 말씀입니까, 손님?"

"네."

"네. 라면 하나 사천 원입니다."

강동원이 주머니에서 오천 원을 꺼내 주었다. 그러자 종업원이 천 원을 거슬러 주며 물었다.

"손님, 현금영수증 필요하십니까?"

"네, 번호로 할게요."

"네, 눌러주시겠습니까."

강동원은 새끼손가락만 한 전자 펜으로 핸드폰 번호를 꾹 꾹 눌렀다. 처음에는 많이 어색했지만 습관이 되다 보니 요 새는 익숙하게 손이 움직였다.

　"여기 번호표 나왔고요. 저기 큰 그릇이라고 적힌 곳에 가 시면 됩니다."

　대충 빈자리에 앉은 강동원이 자신의 번호를 확인했다. 344번. 그리고 다시 큰 그릇을 바라보았다.

　큰 그릇이라는 어울리지 않는 상호 밑에 걸린 번호표기판 에는 338번이 적혀 있었다.

　"아직 멀었네."

　강동원이 퉁명스럽게 중얼거렸다. 그 순간 뒤쪽에서 귀에 익숙한 이름이 들려왔다.

　"허! 아빠 이거 봤어요?"

　"뭔데 그러냐?"

　"강동열 은퇴한대요!"

　"뭐? 우리 동열이가? 그게 정말이야?"

　"네! 여기 좀 보세요!"

　"헉! 이런 젠장할! 강동열이 은퇴를 하다니! 이게 말이 되 는 소리냐?"

　"그러게요. 기사 보니까 아직 서른셋밖에 안 됐는데."

　"크으으. 감히 동열이를 내다 버려? 타이거즈 이놈들. 내가만두나 봐라!"

강동열이 은퇴한다는 소식에 사람들은 아쉬움을 감추지 못했다. 라이벌 구단 팬들로 보이는 이들은 잘됐다며 좋아했지만 대부분 프로야구의 스타 하나가 사라졌다며 고개를 흔들어댔다.

"쳇, 내가 은퇴할 때는 다들 잘됐다고 박수 치고 좋아했었는데……."

슬쩍 주변을 바라보던 강동원이 쓴웃음을 지었다. 강동열이 자신처럼 부상 때문에 은퇴를 결정한 것도 아니고 고작 보직이 마음에 들지 않아서 옷을 벗은 건데 이런 반응이라니. 배알이 꼴릴 지경이었다.

그때였다.

지이잉. 지이잉.

강동원의 손에 쥐고 있던 스마트폰이 요란하게 울렸다.

"응?"

반사적으로 스마트폰을 내려다본 강동원이 미간을 찌푸렸다. 액정 화면에 찍힌 번호는 모르는 번호였다.

"누구지? 설마 동열인가? 에이, 그 자식이 왜?"

강동원은 애써 고개를 가로저었다. 그 순간 띵동 하는 소리와 함께 큰 그릇에 자신의 번호가 찍혔다.

"누구쇼?"

번호표를 들고 일어나며 강동원이 퉁명스럽게 전화를 받았다. 만약 정말로 강동열이 위로라도 받아 보겠다고 전화를 한 거라면 식사 중이라고 전화를 끊어버릴 생각이었다.

　하지만 라면을 들고 자리에 돌아올 때까지 수화기에서는 어떤 말도 들려오지 않았다. 강동원은 금방이라도 불어버릴 것 같은 라면을 바라보며 살짝 짜증이 난 목소리로 다시 물었다.

　"아씨, 누구냐니까!"

　그제야 상대편 목소리가 들려왔다.

　ㅡ나다, 한문혁.

　순간 강동원은 멈칫했다. 설마하니 한문혁이라는 이름이 튀어나올 줄은 예상하지 못한 것이다.

　"어어. 그래, 문혁아. 어쩐 일이야?"

　강동원은 다급히 젓가락을 내려놓았다. 강동열이라면 몰라도 고작 라면 때문에 고교 시절 배터리로 호흡을 맞췄던 한문혁의 전화를 미룰 수는 없는 노릇이었다.

　ㅡ니 이야기는 들었다. 니 인마, 트럭 운전 한다메?

　잠시 정적이 흐르고 한문혁 특유의 투박하면서도 구수한 사투리가 흘러나왔다.

　"어, 그렇게 됐다."

　ㅡ그게 뭐꼬, 새끼야. 천하의 강동원이.

"야, 이것도 어렵게 구한 거야."

─됐다 마! 잔소리 말고 내 말 단디 들어라. 니 이번에 11구단 창단되는 소식 들었제? 거기서 트라이아웃 한다더라.

"트라이 뭐?"

─트라이아웃! 공개적으로 선수 모집한다고. 니도 알아봤을 거 아이가?

"아니, 나는……."

─시끄럽다. 딴소리 말고 일단 거기 함 가봐라.

"야, 인마. 나 야구 그만둔 지……."

─지랄한다. 내가 모르는 줄 아나. 니 요즘 사회인 야구 한다며?

순간 강동원은 뜨끔한 표정을 지었다. 적적한 마음에 사회인 야구 팀에 들어간 걸 한문혁이 알고 있을 줄은 꿈에도 생각하지 못한 것이다.

"그, 그냥 운동 삼아 하는 거야."

─지랄하네. 고등학교 때도 대충대충 하던 니가 운도옹?

"진짜야, 인마. 그리고 경력 제한 걸려서 투수도 못 해. 시간 날 때 외야수로 잠깐씩 뛰는 게 전부야."

강동원이 푸념하듯 중얼거렸다. 3년 전 그를 만나고 어깨 통증이 사라지면서 혹시나 공을 던져볼 수 있을까 하는 기대

감에 사회인 야구단을 찾았던 건 사실이었다.

하지만 선수 출신이라는 이유만으로 마운드에 설 수가 없었다. 그래서 선수 출신에 관대한 리그에서 우익수로 포지션을 변경해 뛰고 있었다.

"그런데 너, 그거 누구한테 들었냐?"

—듣긴 누구한테 들어? 야, 나 해명 고등학교 감독이야. 내가 그걸 모를 줄 알았냐?

"알지, 알아. 그걸 왜 모르겠냐."

—인마, 그걸 아는 놈이 화환 하나 안 보냈냐? 치사한 새끼!

"쩝, 그, 그게…… . 미안하게 됐다."

강동원은 할 말이 없었다. 절친인 한문혁이 해명 고등학교 감독이 됐다는 소식을 들었을 때는 여러모로 만감이 교차해서 차마 화환을 보내야 한다는 생각조차 하지 못했다.

그때를 생각하면 한문혁과 이렇게 통화를 한다는 게 염치가 없을 지경이었다.

하지만 한문혁은 여전히 강동원을 배터리로 생각하는 모양이었다.

—어쨌든 쓸데없이 사회인 야구판 기웃거리지 말고 미련 남았으면 한번 참여해 봐. 내가 이야기는 해놨으니까.

"네가?"

-그래! 이 바닥이 얼마나 좁은데 설마 해명고 인맥이 없
겠냐? 내가 말 다 해놨으니까 가서 테스트 함 받아봐. 주소
는 문자로 찍어줄 테니까. 내일 10시니까 늦지 않게 준비하
고. 알았제!

"알았다."

-오야, 이만 끊는다.

"그래. 참, 문혁아······."

-와?

"그게······."

-인마, 불렀으면 말을 해야 할 것 아이가.

"새끼야, 감독된 거 축하한다고. 암튼 이만 끊는다."

강동원은 서둘러 통화 종료 버튼을 눌렀다. 아무리 친구
라지만 고맙다는 말이 쉽게 나오지 않았다.

그렇게 잠시 회한에 빠진 사이 한문혁에게서 문자가 날아
왔다. 문자에는 트라이아웃이 열리는 장소와 함께 격려의 말
도 담겨 있었다.

[마, 열심히 해라. 마지막이라 생각하고. 그래도 난 너 많이 생
각한다. 언제 한 번 부산 오면 여기 들리라! 술 한잔하게.]

"자식······."

강동원은 괜히 코끝이 찡해졌다. 자신은 프로에 데뷔한 이후 한문혁을 잊고 살았는데 친구랍시고 이렇게 챙겨주는 한문혁이 고맙기만 했다.

"그래, 문혁이가 이렇게까지 해줬는데 한번 해보자. 10시라고 했지? 왔다 갔다 하면 아슬아슬하겠지만 얼추 시간은 맞출 수 있겠어."

잠시 고민을 하던 강동원이 이내 마음을 굳혔다. 한문혁의 말마따나 아직 야구에 대한 미련이 남아 있다면 더 늦기 전에 도전하는 게 맞는 것 같았다.

"그래, 이번이 마지막 기회일 수 있잖아. 해보자!"

강동원이 핸드폰을 꼭 움켜쥐었다. 그리고 히죽 웃으며 젓가락을 들어 라면을 먹으려 하였다.

하지만 잠깐 사이에 라면 면발은 우동 면처럼 퉁퉁 불어 있었다. 게다가 국물까지 졸아서 면만 둥둥 떠 있었다.

"아 놔, 진짜! 이 자식은 왜 밥 먹을 때 전화하고 지랄이야!"

강동원이 투덜거리며 젓가락을 내려놓았다. 하지만 그것도 잠시.

꼬르르륵.

배 속에서 무슨 짓이냐고 호통을 치자 강동원은 언제 그랬냐는 듯 다시 젓가락을 들고 퉁퉁 불은 라면을 입안으로 부지런히 쑤셔 넣었다.

4

퉁퉁 불은 라면으로 배를 채운 뒤 강동원은 병에 물을 담고 곧바로 트럭에 올라탔다.

부우웅—!

시동을 걸자 시원한 엔진음이 강동원을 반겼다.

"자, 다시 달려보자!"

양쪽 사이드미러를 확인한 뒤 강동원은 액셀러레이터를 가볍게 밟았다. 그러자 거친 엔진음과 함께 육중한 무게를 딛고 있던 바퀴가 천천히 움직였다.

그렇게 금강 휴게소를 출발한 트럭은 약 3시간을 더 달려서 울산 공장에 도착을 하였다.

배당된 게이트 앞에 트럭을 대자 곧바로 입구가 열렸다. 다행히 별다른 대기 시간 없이 강동원은 게이트를 향해 후진으로 차를 넣었다.

잠시 차에서 내려 짐을 내리는 걸 살펴본 뒤 강동원은 다시 차에 올랐다. 하역 시간이 오래 걸리기 때문에 운전석에 앉아서 대기를 할 참이었다.

"트라이아웃 일정은 확실한 거겠지?"

강동원은 스마트폰을 꺼내 뉴스를 검색했다. 11구단이라는 검색어를 누르자 11구단 트라이아웃에 관한 기사가 가장 먼저 떠올랐다.

[프로야구 11번째 심장! 트라이아웃 실시! 예상 경쟁률 24 대 1!]

"하아–! 24 대 1이라……."

기사 제목을 확인한 강동원의 입에서 절로 한숨이 흘러나왔다.

경쟁자가 적잖을 거라는 건 예상하고 있었지만 24 대 1이라니. 과연 그 경쟁 속에서 자신이 살아남을 수 있을지 확신이 서질 않았다.

하지만 마지막 기회가 될지도 모르는데 해보지도 않고 포기하고 싶진 않았다.

"그래, 일단은 부딪쳐 보자. 뭐, 열심히만 한다면 기회는 오겠지."

강동원은 애써 마음을 다잡았다. 그러고는 이내 스마트폰을 꺼버렸다. 계속 기사 글을 봤다가는 마음만 약해질 것 같았다.

"이럴 게 아니라 잠깐이라도 눈 좀 붙여야지."

강동원은 시트를 뒤로 젖히고 몸을 눕혔다. 하역이 끝나면 곧바로 서울로 올라가야 하는 상황이었다. 쉴 수 있을 때 쉬어야 하는 게 트럭 운전수의 숙명이었다.

그렇게 얼마의 시간이 지났을까? 차문을 두드리는 소리에 강동원이 눈을 떴다.

문을 열자 지게차 아저씨가 서 있었다.

"기사님, 다 내렸거든요. 차 빼세요."

"아, 네에."

강동원은 차에서 내려 화물칸을 살폈다. 이미 하역은 끝난 상태였다. 윙바디 문을 다시 닫고, 걸쇠로 잠근 후 다시 차에 올라타 시간을 확인하였다. 잠깐 존 것 같은데 벌써 오후 5시가 되어가고 있었다.

"후우, 이대로 서울 올라가면 12시나 되어서 도착하겠네. 아무래도 연습은 힘들겠는데. 곧바로 한숨 잤다가 바로 트라이아웃 장소로 이동해야겠어."

강동원은 서둘러 시동을 걸고 게이트를 빠져나왔다. 그리고 다시 정신없이 내달려 서울에 진입했다.

시간은 11시 05분.

"후우, 이건 두 번은 못 할 짓이다."

강동원이 고개를 절레절레 흔들어 댔다.

소변이 마려울 때를 빼고는 휴게소에 들리지 않았다. 다른 때 같았으면 졸음을 쫓으려 조금씩 쉬어갔겠지만 그마저도 사치라고 여기고 액셀을 밟았다. 덕분에 한 시간이나 일찍 서울 톨게이트에 도착할 수 있었다.

"어쨌든 서울이다."

해냈다는 성취감을 즐기며 강동원이 천천히 브레이크를 밟았다. 요금소에서 요금을 정산하기 위해서는 완전히 정차를 해야 했다.

그런데…….

"어?"

강동원의 눈이 크게 떠졌다. 브레이크를 계속 밟았는데 속력이 줄어들지 않은 것이다.

"이, 이게 왜 이러지?"

급격히 당황한 강동원이 있는 힘껏 브레이크를 밟았다. 하지만 브레이크는 끝까지 말을 듣지 않았다. 그사이 서울 톨게이트가 점점 가까워졌다. 대기하고 있던 차들과의 간격도 급격히 줄어들고 있었다.

"어어어! 이러면 안 되는데…….."

강동원은 미친 듯이 브레이크를 밟기 시작했다. 그렇게 하면 차가 망가지겠지만 지금은 어떻게든 트럭을 멈춰 세워야겠다는 생각만이 가득했다.

그런데 오히려 핸들이 무거워졌다. 강동원이 다급히 저속 기어로 바꿔 엔진브레이크를 걸려고 시도를 해보았지만 기어마저 들어가지 않았다.

"씨팔, 뭐가 어떻게 된 거야!"

그 순간 강동원의 눈이 계기판 쪽으로 움직였다. 놀랍게도 에어게이지가 바닥을 치고 있었다. 에어콤프레셔가 고장이 난 듯 에어가 채워지지 않은 모양이었다.

이 상태라면 브레이크는 물론 기어가 말을 듣지 않는 게 당연한 일.

"이런 망할!"

강동원의 입에서 욕지거리가 터져 나왔다. 부산에서 올라올 때 차량을 꼼꼼히 점검했어야 했는데 급한 마음에 내달린게 이런 결과로 이어지고 말았다.

그러는 동안에도 앞차와의 간격은 빠르게 좁혀졌다. 이대로 계속 나아간다면 충돌은 피할 수 없을 것 같았다.

"젠장! 젠자아아앙!"

결국 강동원은 피해를 줄이기 위해 무겁던 핸들을 힘껏 꺾었다. 이대로 돌진한다면 애꿎은 사람들만 다치고 말 터였다.

끼익!

강동원의 노력 덕분에 차선을 이탈한 트럭은 벽을 향해 움직였다. 정확히 말하자면 벽돌로 만들어진 가드레일이 강동원을 기다리고 있었다.

"크아아아!"

강동원은 악을 내지르며 얼굴을 감쌌다. 뒤이어 쿵! 소리와 함께 엄청난 충격이 온몸을 강타하였다.

앞 창문이 박살 나고 차 내부에 있던 물건들이 사방으로 비상했다. 이 모든 장면이 강동원의 시야에 마치 슬로우 비디오처럼 펼쳐졌다.

'젠장! 죽을 때 죽더라도 트라이아웃은 한번 받아보고 싶었는데…….'

강동원은 질끈 눈을 감았다. 그 순간, 몸이 깨진 창문을 통해 바깥으로 튕겨져 나갔다.

그렇게 모든 게 끝이 났다. 아니, 모든 게 끝나 버렸다고 여겼다.

다시 눈을 뜨기 전까지는 말이다.

1장
돌아왔다?

1

"야, 인마. 일어나라! 여기서 퍼질러 자면 우야노. 퍼뜩 안 일어나나!"

고막을 파고드는 짜증나는 소음에 강동원은 얼굴을 와락 구겼다. 하지만 딱히 일어나고 싶진 않았다. 지금은 온몸이 노곤해 도저히 일어날 수가 없었다.

그러나 소음은 좀처럼 강동원을 내버려 두지 않았다.

"야, 인마! 일어나! 일어나라고!"

"으으……."

"인마가 빨리 안 일어나나!"

"……피곤해."

"지랄하네, 퍼뜩 일어나라꼬!"

소음의 주인공이 급기야 강동원의 상체를 강제로 일으켜 세웠다. 강동원이 어떻게든 버티려 몸부림쳐 봤지만 등판을 단단하게 받치는 힘 앞에서 꼼짝도 하지 못했다.

'씨팔! 한참 꿀잠자고 있는데…… 응? 꿀잠?'

마지못해 잠에서 깬 강동원이 급히 눈을 떴다. 불현듯 교통사고의 장면이 머릿속에 스쳐 지난 것이다.

하지만 정작 자신의 눈앞에 있는 건 의사나 간호사가 아닌 어딘지 모르게 낯익은 얼굴이었다.

"너…… 누구지?"

강동원이 가물거리는 얼굴을 기억해 내려 애썼다. 그러나 소음의 주인은 제 할 일을 다 했다며 밖으로 나가 버렸다.

"그러니까 깨울 때 좀 일어나지, 인마. 오죽했으면 내가 정혁이를 불렀겠냐."

소음의 주인을 대신해 강동원의 귓가로 또 다른 목소리가 들려왔다.

"……!"

목소리의 주인공을 확인한 강동원이 또다시 눈을 치떴다. 소음의 주인공과는 달리 목소리의 주인공이 누구인지 단번에 기억이 난 것이다.

'이 자식, 문혁이잖아!'

한문혁은 고등학교 때부터 강동원의 공을 받아줬던 흔히 말하는 안방마님 포수였다. 강동원과 고등학교 친구이며 3년 내내 배터리를 이루었던 단짝이었다.

"네가 왜 여기에……."

강동원의 눈매가 파르르 떨렸다. 얼마 전 통화했을 때 해명고 감독이 되었다더니 옷도 갈아입지 않고 달려온 모양이었다.

그런데 한문혁이 입고 있는 유니폼이 너무 허름했다. 급한 마음에 고등학교 시절의 유니폼을 입고 온 것 같은 기분이었다.

그래서인지 마치 고등학교 시절의 한문혁이 눈앞에 있는 듯한 착각마저 들었다.

"그 촌스러운 디자인은 여전하네. 안 바꾸냐?"

강동원이 괜히 핀잔을 놓았다. 그토록 보고 싶었던 친구가 찾아왔는데도 마음과는 달리 투박한 말투가 흘러나왔다.

그러자 한문혁이 어이없다는 표정을 지었다.

"마, 니 아직 잠이 들 깼나? 뭔 헛소리를 하고 있는데?"

"헛소리라니. 네가 지금 입고 있는 옷 말이야."

"이 옷이 와? 이거 작년에 바뀌었잖아. 니 오늘 와 그라는데? 더위 묵었나? 아니면 아직 들 깼나?"

"뭔 소리야? 작년에 바뀌었다니?"

강동원은 고개를 갸웃거리며 주변으로 눈을 돌렸다. 그러다 이곳이 병원이 아니라는 걸 알아채고는 정신이 번뜩 들었다.

이질적이지만 왠지 모르게 익숙한 공간. 코를 뚫을 찐한 수컷의 땀 냄새.

자신이 누워 있는 곳은 놀랍게도 해명 고등학교 야구부실이었다.

'내가 왜 여기에?'

강동원은 이해가 되지 않았다. 자신은 분명 트럭 운전을 하며 서울로 올라오던 중에 사고를 당했다. 그런데 잘해야 병원에 있어야 할 자신이 야구부실에 와 있었다.

'뭐지? 분명 트라이아웃에 참가한다고 올라가고 있었는데?'

강동원은 습관처럼 주머니를 뒤적거렸다. 하지만 당연히 있어야 할 핸드폰이 손에 잡히지 않았다.

'혹시 한바탕 개꿈이라도 꾼 건가?'

강동원은 어쩌면 이 모든 게 꿈일지 모른다고 생각했다. 그렇지 않고서야 이런 상황에서 한문혁과 이렇게 앉아 있는 게 말이 되지 않는다고 여겼다.

하지만 한문혁은 곤히 자는 강동원이 얄미워서 덩치 큰 권

정혁까지 대동해 가며 깨우러 온 게 아니었다.

"참, 너 감독님이 찾으신다."

"감독님? 누구 감독님?"

"박영태 감독님이 찾으신다고."

"박영태…… 감독님이? 그 영감탱이가 나를? 왜?"

"내가 아나. 암튼 퍼뜩 일어나라."

한문혁의 재촉에 강동원이 마지못해 자리에서 일어났다. 여전히 꿈인지 현실인지 뭐가 어떻게 된 건지 분간이 가질 않았지만 일단은 한문혁이 시키는 대로 해야 할 것 같았다.

"얌마, 모자 가져가야지."

"어, 그래."

강동원은 한문혁이 건네준 모자를 챙기고 야구부실을 빠져나왔다. 그러다가 문득 벽면 거울에 비친 자신의 몸을 바라보았다. 자신도 한문혁과 같이 해명 고등학교 야구부 유니폼을 입고 있었다.

'뭐지?'

꿈인데 마치 이 모든 것이 현실처럼 너무나도 선명하였다. 마치 고등학교 시절로 돌아가기라도 한 것 같았다.

그때, 야구 유니폼을 입은 후배가 다가오며 인사를 하였다.

"선배님, 안녕하십니꺼."

"······?"

"안녕하십니까, 선배님!"

"어, 그래. 안녕."

후배들의 깍듯한 인사에 강동원은 멋쩍게 웃으며 손을 들어 보였다. 예전에는 익숙한 일이었지만 야구판을 떠난 지 오래다 보니 선배님 소리가 낯간지럽게 느껴졌다.

"퍼뜩 가자."

발걸음을 멈춘 강동원을 한문혁이 다시 잡아끌었다.

"알았다."

강동원의 입에서 자연스럽게 어색한 사투리가 튀어나왔다. 그러자 한문혁이 지랄한다며 강동원의 엉덩이를 힘껏 두드렸다.

"윽! 이 변태 자식아, 그만 좀 주무르라고."

한문혁의 손을 피해 강동원이 발걸음을 재촉했다. 그러다 뭔가를 발견하고는 자신도 모르게 시선을 빼앗겼다.

큼지막한 진열장 안에 눈에 익은 수많은 트로피가 가득 채워져 있었다. 그리고 그중 가장 높은 곳에 2014년 청룡기 우승 트로피가 걸려 있었다.

'이건······!'

강동원이 멍한 얼굴로 트로피를 향해 손을 뻗었다.

그 순간.

"마! 그거 감독님이 만지지 마라캤잖아!"

뒤를 쫓아온 한문혁이 냉큼 강동원의 어깨를 잡아당겼다.

순간 강동원은 균형을 잡지 못하고 그대로 엉덩방아를 찧고 말았다.

둔부를 타고 전해지는 강한 충격이 척추를 타고 온몸으로 퍼져 나갔다. 동시에 온몸에 매달려 있던 나른함이 순식간에 달아나 버렸다.

"도, 동원아, 괘안나?"

한문혁이 다급히 다가와 강동원을 부축하며 일으켜 세웠다.

"어디 다친 덴 없나? 참말로 괘안체?"

"어…… 괜찮아."

"아이다, 아이야. 니 양호실 갈래? 그럴래?"

"괜찮아. 그냥 다리에 힘이 풀린 것뿐이야."

강동원은 애써 한문혁의 팔을 뿌리쳤다. 도와준 건 고마운 일이지만 좁은 복도에서 덩치 큰 사내 둘이 끌어안고 있는 모습은 그다지 좋아 보이지 않았다.

"감독님이 찾으신다며. 가자."

강동원이 다시 걸음을 재촉했다. 해명 고등학교 시절 은사였던 박영태 감독을 만난다면 머릿속의 복잡함이 전부 풀릴 것 같았다.

그때였다.

"마, 니 어딜 가는데?"

"……?"

"거, 말고."

"아, 아니야?"

"감독실은 저쪽 아이가. 내 참. 마, 그냥 나 따라온나."

한문혁이 다시 앞장서서 길을 안내했다. 그러고는 친절하게 감독실의 앞까지 데려다주었다.

똑똑.

"감독님, 동원이 데려왔심더."

"오야, 들어온나!"

임무를 마친 한문혁이 슬쩍 길을 비켜주었다.

"들어가 봐라."

강동원이 고개를 끄덕이며 감독실 앞에 섰다.

"후우……."

갑작스럽게 두근거리는 심장을 억누르며 강동원이 천천히 문고리를 돌렸다.

철컥.

문소리와 함께 문이 열렸다. 그리고 그 너머에는……

"동원이 왔나."

고등학교 시절 그때의 박영태 감독이 앉아 있었다.

2

"퍼뜩 안 들어오고 뭐하고 있어. 어여 들어온나!"

강동원이 문 앞에서 쭈뼛거리자 박영태 감독 옆에 앉아 있던 김명철 타격 코치가 재촉하듯 말했다.

"아, 예."

강동원은 모자를 벗고 감독실로 들어갔다. 그러자 박영태 감독이 가볍게 웃으며 입을 열었다.

"우리 동원이 푹 쉬었나?"

"아, 네. 감독님."

"그렇게 서 있지 말고 일단 거기 앉아라."

"예."

강동원이 마지못해 빈자리에 앉았다. 그리고 복잡한 얼굴로 박영태 감독을 바라봤다.

박영태 감독을 만나면 지금 이 상황이 꿈인지 현실인지 명확해질 것 같았다. 하지만 정작 고등학교 시절의 박영태 감독과 만나고 보니 머릿속이 더 복잡해진 기분이었다.

강동원은 고개를 돌려 코치들을 바라봤다. 타격 코치 김명철의 코털은 고등학교 시절 그때처럼 반쯤 삐져나와 있었고 투수 코치 권해명은 언제나처럼 자신을 탐탁지 않은 눈으로 바라보고 있었다.

'정말…… 내가 고등학교 시절로 돌아온 걸까?'

강동원은 묘한 기대감이 들었다. 처음에는 야구에 대한 미련 때문에 꿈을 꾸는 것이라고 여겼는데 시간이 지날수록 정말로 기적처럼 과거에 돌아온 것일지도 모른다는 생각이 꿈틀거렸다.

그렇게 강동원의 시선이 다시 해답을 구하듯 박영태 감독에게 향했다.

그때였다.

"동원아."

"네, 감독님."

"니…… 지금 몸 상태 괜안나?"

박영태 감독이 의미심장한 질문을 내던졌다.

"몸…… 이요?"

"그래, 어깨 괜안냐고."

"아. 네, 괜찮습니다."

강동원은 반사적으로 대답했다. 고등학교 시절만큼은 아니겠지만 지금의 어깨는 트라이아웃에 도전해 볼 정도로 좋아져 있었다.

"그래?"

원하는 대답을 얻은 박영태 감독이 좌우에 앉은 코치들과 시선을 교환했다. 그러고는 다시 강동원을 바라보며 말했다.

"동원아, 지금부터 내가 하는 말 단디 듣고 신중하게 결정해라이. 알았제."

"알겠습니다."

"내일 모레 봉황기 준결승전인 거 니 알제?"

"아…… 네."

"사실 말이다. 8강전 때 공 많이 던진 거 알고 있는데……."

잠시 뜸을 들이던 감독이 조심스럽게 입을 열었다.

"4강전 상대가 하필 서린 고등학교라 안 카나. 그래서 널 준결승전에 선발로 올렸으면 하는데 니는 어떨 거 같나? 물론 어제 많이 던져서 힘들 거라는 건 알고 있지만…… 솔직히 말해서 현재로서 준결승전을 맡길 만한 투수는 니밖에 없다."

박영태 감독이 반쯤 사정조로 말했다. 그리고 박영태 감독이 사정할 때마다 강동원은 늘 같은 대답을 늘어놓았다.

"알겠습니다. 제가 던지겠습니다."

강동원은 지금이 어떤 상황인지 정확하게 이해가 가지 않았다. 다만 꿈이든 과거로 돌아온 것이든 간에 은사인 박영태 감독이 자신을 필요로 하는데 외면할 수는 없다고 생각했다.

"그래? 잘 생각했다. 우리 팀 에이스라면 당연히 그래야제."

박영태 감독이 그럴 줄 알았다며 웃어 보였다. 오른쪽에 앉아 있던 김명철 타격 코치도 다행이라는 표정을 지었다.

오직 권해명 투수 코치만이 불만스러운 얼굴이었지만 이

미 결정되다시피 한 상황을 거스를 생각은 없어 보였다.

"그럼 동원아, 몸 관리 단디해라. 알았제?"

"알겠습니다, 감독님."

강동원은 가볍게 고개를 숙이고 감독실을 나왔다. 그러자 밖에서 기다리고 있던 한문혁이 다가와 강동원을 근처 휴게실로 끌고 갔다.

"마, 솔직히 말해봐라. 감독님이 뭐라카대?"

"그건 왜?"

"말 돌리지 말고 확실히 말해봐라. 감독님이 뭐라카대!"

"그냥, 모레 준결승 때 던질 수 있냐고."

"그래서?"

"그래서는 무슨, 알았다고 했지."

"야, 인마! 니 미친나!"

한문혁이 언성을 높였다. 박영태 감독이 무슨 의도로 강동원을 찾았을지 짐작은 했지만 설마하니 강동원이 박영태 감독의 제안을 덥석 받아들일 줄은 생각지도 못한 모양이었다.

"왜 화를 내고 그래?"

강동원의 얼굴에 살짝 당혹감이 번졌다. 과거 한문혁과 짝꿍처럼 붙어 다녔지만 이렇게 화를 내는 경우는 손에 꼽힐 정도였다.

그러나 한문혁은 강동원이 큰 실수라도 한 것처럼 쉴 새

없이 몰아붙였다.

"니 참말로 준결승전에도 나갈라꼬?"

"그럼 감독님이 던지라고 하니까 던져야지."

"니 진짜 미쳤나! 제정신이가?"

"대체 왜 이러는 거야? 내가 던진다는 데 뭐가 문제야?"

"니 진짜 몰라서 묻나?"

"뭐가?"

"하아, 참말로 돌아삐겠네. 아니다. 아이야. 니가 뭔 잘못이고. 이게 다 감독님이 너무한 기제."

한문혁이 무겁게 한숨을 내쉬었다. 그러고는 비난의 화살을 박영태 감독에게 돌렸다.

"감독님도 참말로 너무하네. 아를 잡으려고 작정한 것도 아이고."

한문혁은 박영태 감독을 이해하기 어려웠다. 바로 어제 선발로 뛴 선수를 불러다가 이틀 후 경기에 올리겠다니. 해명고등학교에 투수가 강동원 하나뿐인 것도 아니고 이건 강동원을 혹사시키겠다는 말이나 다름없었다.

하지만 아직까지 상황 파악이 되지 않는 강동원은 한문혁이 괜히 박영태 감독을 비난하는 것 같아 마음이 불편해졌다.

"내가 던지고 싶어서 던지겠다고 한 거야. 괜히 감독님한테 뭐라고 하지 마."

강동원에게 박영태 감독은 은인이나 마찬가지였다. 본래 서울에서 야구를 하고 있던 그에게 새로운 야구 인생을 열어 준 게 바로 박영태 감독이었다.

그러나 강동원의 사정을 누구 못지않게 잘 알고 있는 한문혁의 눈에 박영태 감독은 성적 지상주의에 빠진 감독에 불과했다. 그렇지 않고서야 주구장창 강동원만 등판시킬 리 없었다.

"하아, 이 문디 자슥아."

한문혁이 답답하다는 듯 한숨을 내쉬었다. 마음 같아선 속에 있는 말을 모조리 토해내고 싶었지만 싸늘해진 강동원의 표정을 보고 있자니 차마 입이 떨어지지 않았다.

"그건 그렇고, 니 어깨는 괜안나?"

한문혁이 말을 돌렸다.

그러자 강동원이 또다시 민감하게 굴었다.

"내 어깨? 괜찮은데 왜? 괜찮다고 했잖아."

강동원이 보란 듯이 팔을 들어 보였다. 그 순간 찌릿 하는 통증이 어깨를 타고 전해졌다.

"윽!"

강동원의 입에서 짧은 신음이 터져 나왔다. 그러자 한문혁이 그럴 줄 알았다며 쯧쯧 혀를 찼다.

"문디 자슥아, 니 어제 100개 넘게 던진 거 모르나? 근데 내일모레 또 던지겠다고? 치아라, 마! 니 그러다 어깨 아작 난다!"

"……!"

순간 강동원의 눈이 크게 떠졌다. 한문혁의 과격한 말은 둘째 치고 자신이 어제 100구나 넘게 공을 던졌다는 사실에 등골이 오싹해진 것이다.

아무것도 모르던 예전이야 젊으니까 얼마든지 무리해도 괜찮다고 생각했다. 하지만 힘겹게 어깨 부상을 치료한 지금은 달랐다. 어깨가 나가서 모든 걸 다 잃었는데 여기서 또다시 어깨를 망가뜨리고 싶진 않았다.

설사 이 모든 게 꿈이라 해도 말이다.

'그런데 지금이 며칠이지?'

강동원이 본능적으로 구석에 걸린 달력을 찾아냈다. 그리고 날짜를 확인하고는 눈을 빠르게 깜빡거렸다.

2015년이라고 새겨진 달력은 4월에 멈춰 있었다.

2015년이면 고등학교 3학년 때다.

4월이면 한창 봉황기가 치러질 기간이었다.

'지금이 정말로 고3때라면…….'

강동원은 천천히 기억을 되짚었다. 이때 봉황기에서 강동원은 선발로 총 4번 등판했다.

1라운드에 한 번, 3라운드 경기 때 한 번, 8강전에서 한 번, 그리고 준결승전에서 한 번.

그중 100구를 넘긴 경기는 완투를 한 경기는 북인 고등학교 와의 8강전과 서린 고등학교와의 준결승전, 이 두 번이었다.

'이때가 틀림없어.'

강동원이 무겁게 한숨을 내쉬었다. 누군가를 탓하고 싶은 마음은 없지만 한창 잘나가던 자신의 야구 인생에 브레이크 가 걸린 게 바로 이 시점이었다.

그때도 박영태 감독의 권유로 강동원은 무거운 어깨를 안 고 준결승전에 선발 등판했다. 강호 서린 고등학교가 자랑하 는 강타선을 상대할 수 있는 투수는 자신밖에 없다고 생각 했다.

그러나 결과는 좋지 않았다. 5이닝 5실점 패전. 그리고 어 깨 염증.

패배야 그럴 수 있다 쳐도 어깨 부상은 뼈아팠다. 어느 때 보다 좋은 성적을 내야 하는 3학년 시절 내내 어깨 염증을 달고 살다가 결국 이른 나이에 먹튀 소리를 들으며 은퇴를 해야 했으니 말이다.

물론 지금껏 강동원은 단 한 번도 준결승전 선발로 자신을 선택해 준 박영태 감독에 대한 불만을 입 밖에 내지 않았다. 또한 박영태 감독의 제안을 받아들인 자신의 선택도 후회

하지 않았다.

하지만 마음속으로는 수없이 아쉬워하고 후회했던 모양이다. 꿈인지 생시인지 모를 상황이 하필 그 시점으로 되돌아온 걸 보면 말이다.

'이건······ 뭔가를 바로잡으라는 하늘의 뜻이야.'

강동원의 표정이 진지하게 변했다. 그러자 보다 못한 한문혁이 강동원의 어깨를 툭 하고 때렸다.

"마, 동원아. 그냥 내가 농담으로 한 말이다. 풀어라."

한문혁은 강동원이 자신의 말 때문에 기분이 나빠진 것이라 여겼다.

그러나 정작 강동원은 현실을 일깨워 준 한문혁이 고맙기만 했다.

"아니야. 정말 고맙다, 문혁아."

"고맙다니? 그게 뭔 말이고?"

"네 말이 맞아. 나 어깨 아파서 못 던지겠어."

"그래? 참말이가?"

"어. 잠깐만 기다려 봐. 감독님께 말씀드리고 올 테니까."

강동원이 결연한 얼굴로 몸을 돌렸다. 그때 한문혁이 냉큼 강동원의 팔목을 붙들었다.

"······?"

"마, 내가 같이 가주까?"

한문혁이 진지한 얼굴로 말했다. 혹여라도 강동원이 박영태 감독에게 한 소리 들을까 봐 걱정하는 모양이었다.

"됐어, 인마."

강동원이 피식 웃으며 팔을 빼냈다. 그러고는 감독실을 향해 성큼성큼 걸음을 옮겼다.

※

"와, 뭐 놓고 간 거라도 있나?"

"그게…… 드릴 말씀이 있어서 왔습니다."

"내한테?"

"네, 감독님."

"뭔데? 말해봐라."

"사실…… 저 어깨가 좀 뭉친 거 같습니다. 가능하면 준결승전에 나가고 싶었는데 지금 상태로는 아무래도 어려울 것 같습니다. 죄송합니다."

강동원이 어렵사리 입을 뗐다. 바로 잡아야 할 과거라는 사실을 알면서도 박영태 감독의 앞에서 말을 하려니 쉽지가 않았다.

자연스럽게 박영태 감독의 표정도 굳어졌다.

"그래? 마이 안 좋나?"

"며칠 쉬면 괜찮아질 것 같지만 준결승전은 어려울 것 같습니다."

"그래? 오늘 푹 쉬어보고 다시 말하면 안 되겠나?"

"그게…… 죄송합니다. 그리고 제가 욕심내는 것보다는 우성이가 던지는 게 나을 것 같습니다."

"우성이?"

"네, 우성이도 지난 경기에서 잘 던졌으니까요."

강동원은 자신 대신 정우성을 추천했다. 강동원의 그늘에 가리긴 했지만 정우성도 해명 고등학교가 자랑하는 선발 투수 중 한 명이었다.

'점마가 뭔 일이고?'

내내 침묵을 지키던 권해명 투수 코치가 살짝 놀란 눈으로 강동원을 바라봤다.

박영태 감독이 부추긴 감도 없지 않지만 매번 등판하겠다고 고집을 피우던 강동원이 갑자기 양보를 하다니. 꼭 딴 사람이 된 것만 같았다.

박영태 감독도 이내 고민스러운 표정을 지었다. 지금껏 강동원은 자신의 말에 단 한 번도 싫다는 소리를 한 적이 없었다. 그렇다 보니 어깨가 좋지 않다는 강동원의 말이 핑계처럼 들리지가 않았다.

"그래, 알겠다. 일단 나가봐라."

박영태 감독을 대신해 김명철 코치가 강동원을 내보냈다.

"네, 그럼 나가보겠습니다."

강동원도 한결 후련해진 얼굴로 감독실을 나섰다.

그리고 잠시 감독실에 정적이 찾아왔다.

"느그들 생각은 어떻노?"

박영태 감독은 한참 만에 입을 열었다. 이미 강동원을 선발로 내정하고 준결승전을 논의하던 상황에서 갑작스런 강동원의 통보를 받아들이는 데 시간이 걸린 것이다.

하지만 박영태 감독을 보좌하는 두 코치들은 박영태 감독이 운을 떼기만을 기다리고 있었다.

"동원이 말이 맞습니다. 준결승전은 우성이로 가는 게 좋겠습니다."

권해명 투수 코치는 투수 교체 쪽에 한 표를 던졌다. 그는 애당초 어제 경기에서 무리한 강동원 대신 정우성을 준결승전에 투입해야 한다고 생각하고 있었다.

그러자 김명철 타격 코치가 말도 안 된다며 목소리를 높였다.

"무슨 말도 안 되는 소리를 하는데? 그래도 강동원이가 낫제. 어깨 뭉친 것은 풀어주면 그만 아이가."

정우성에게는 미안한 이야기지만 강동원과 정우성은 급이 다른 투수였다. 강동원은 누가 봐도 에이스감이었지만 정우성은 잘해야 서브 선발, 그 이상도 이하도 아니었다.

작년 청룡기 이후 이렇다 할 성적을 내지 못한 해명 고등학교 입장에서 이번 봉황기는 포기할 수 없는 대회였다. 4강까지 올라간 만큼 어떻게든 결승전에 진출해야 올 한해 부담 없이 경기를 치를 수 있었다.

그런 점에서 김명철 코치는 강동원 이외에 대안이 없다는 당초의 입장을 조금도 번복할 마음이 없었다.

그러나 권해명 코치도 쉽게 물러서지 않았다.

"선수 본인이 아니라고 하잖아. 그 정도 의견은 들어줘야지."

"에헤, 지금 무슨 상황인지 잊었나? 봉황기라꼬, 봉황기! 팀의 에이스가 이럴 때 도움을 줘야 하는 거 아이가?"

"준결승전만 치를 기가? 준결승전 다음에는? 그땐 누굴 내보낼 긴데? 아가 아프다니까 차라리 이틀 더 쉬게 했다가 결승전에 대비하는 것이 낫지!"

"무신 벌써부터 결승전 타령이고! 준결승에서 지뿌리면! 지뿌리면 어야 할 끼고? 응?"

"타자들이 받쳐주면 우성이도 충분히 잘할 수 있다 안 카나! 동원이만 해명 고등학교 투수가? 우성이도 좀 생각해 봐라! 앞으로 전국 대회가 몇 개인데 벌써부터 동원이, 동원이 할 기가! 이럴 때 우성이도 키워놔야 한다고!"

"니야말로 우성이 좀 작작 싸고돌아라! 우성이를 어데 동원이한테 갖다 붙이나? 으이!"

권해명 코치와 김명철 코치의 목소리가 점점 높아졌다. 그러자 박영태 감독도 더는 참고 있기가 어려웠다.

"와 이리 시끄럽나. 목소리 좀 죽이라! 아들 듣는다."

박영태 감독의 한마디에 두 코치가 입을 다물었다. 자신들이 신나게 떠든다 한들 어차피 최종 결정은 감독이 내리는 것이었다.

다시 조용해진 분위기 속에서 박영태 감독은 결정을 서둘렀다.

강동원의 어깨가 뭉친 걸 몰랐다면 모르지만 알게 된 이상 이대로 무시할 수는 없는 노릇이었다.

괜히 무리해서 강동원을 올렸다가 강동원이 부진해 팀이 패배하기라도 한다면 힘들게 데려온 에이스까지 잃게 될지 몰랐다.

그뿐만이 아니다. 평소 강동원만 싸고돈다고 불만이 많던 동문회도 그냥 넘어가지 않을 것이다. 분명 감독인 자신의 투수 운영을 물고 늘어질 게 뻔했다.

'결국 죽이 되든 밥이 되든 우성이로 밀고 나가야 한다는 소리인데…….'

박영태 감독은 어렵사리 결정을 내렸다. 그리고 두 코치들을 바라보며 입을 열었다.

"다들 내 말 단디 들으라. 일단 우성이로 가보자. 아가 아프다는데 쉬게 해야 안 하겠나?"

박영태 감독의 한마디에 김명철 코치와 권해명 코치의 희비가 엇갈렸다.

김명철 코치는 여전히 불만 가득한 얼굴이었다. 하지만 권해명 코치는 당연한 결정이라며 웃는 얼굴로 고개를 주억거렸다.

"일단 권 코치는 우성이한테 이 사실을 알리고 아 몸 상태 잘 살피라. 알았제?"

"알겠습니다."

"그리고 김 코치는…… 입 좀 집어넣고."

"입 안 내밀었심더."

"점수를 더 뽑아야 할 거 같으니까 타순 좀 다시 짜봐. 알겠나?"

"알았심더."

결국 강동원으로 결정됐던 준결승 선발은 정우성으로 바뀌었다. 그리고 덩달아 강동원의 운명도 바뀌었다.

4

"감독님께 잘 말했나?"

"어, 잘했다."

"그래서 우예 됐노?"

"일단 알겠다고는 하시던데. 뭐, 분위기로 봐서는 우성이가 던질 거 같다."

"진짜가?"

"그래, 진짜다."

"이 문디 자슥. 잘했다, 잘했어!"

한문혁이 활짝 웃으며 강동원을 덥석 끌어안으려 했다. 그러자 강동원이 냉큼 몸을 피하며 이맛살을 찌푸렸다.

"너 안 씻었지?"

"좀 전까지 훈련했는데 뭔 소리고?"

"냄새 나니까 좀 떨어져."

"문디 자슥, 어데서 냄새가 난다고 그라는데?"

한문혁이 입술을 삐죽거리며 제 유니폼에 코를 가져다 댔다. 그러다 지독한 땀 냄새를 맡고는 자신도 모르게 미간을 찌푸렸다.

"봐, 인마. 너도 못 참겠지?"

"크흠. 아니거든? 난 참을 만하거든?"

"뻥 치지 마, 인마."

강동원이 씩 웃으며 한문혁의 어깨를 툭 하고 때렸다. 끌어안는 건 도저히 못 하겠지만 이 정도는 해줘야 한문혁도 풀릴 것 같았다.

아니나 다를까.

"근데 동원아, 이제 뭐 할래?"

한문혁이 언제 그랬냐는 듯 씩 웃으며 살갑게 물었다.

"뭐 하긴?"

"어깨도 좋지 않으니까 오늘 일찍 쉬어도 되는 거 아이가. 내야 니 전담 포수니까는 네 덕분에 쉬면 되는 거고. 그러니까 우리 간만에 나가서 맛난 거 묵자. 응?"

한문혁이 어린아이처럼 졸라댔다. 그 모습이 어찌나 귀엽던지 강동원은 자신도 모르게 피식 웃음이 터져 나왔다.

하지만 한문혁의 말처럼 맛있는 걸 먹는 데 시간을 허비하고 싶진 않았다.

"됐고, 장비나 챙겨라."

"장비는 와?"

"내 공 좀 받아주라."

"니 미쳤나? 방금 뭐라 또 씨부리 쌌노?"

한문혁이 두 눈에 쌍심지를 켰다. 준결승전 등판을 겨우 말려놨는데 이제는 공을 던지겠다니. 마음 같아서는 강동원을 한 대 쥐어 패주고 싶은 심정이었다.

그러자 강동원도 이것만큼은 양보할 수가 없었다.

"그러지 말고 좀 받아줘라. 어깨 상태도 점검할 겸 가볍게 몇 개 던져보려고 그러는 거니까."

"치아라, 마. 그게 말이가 방구가."

"그냥 가볍게 몸 좀 풀려고 그래. 그래야 나가더라도 눈치가 덜 보이지. 안 그래?"

강동원의 꼬드김에 한문혁도 이내 한숨을 내쉬었다. 그렇다고 강동원의 공을 받는 즐거움을 포수에게 양보하고 싶지는 않았다.

"일단 알겠는데 니 이래놓고 나중에 딴소리하지 마라."

"뭔 소리야?"

"어깨 괜안타고 나중에 경기 뛴다고 헛소리 지껄이지 말란 말이다."

한문혁이 단단히 으름장을 놓았다. 어쩌면 강동원이 몸을 푸는 이유가 준결승전에 대한 미련 때문일지 모른다고 걱정한 것이다.

하지만 강동원은 준결승전을 깔끔하게 포기한 상태였다. 어깨도 좋지 않은데 괜히 마운드에 올랐다가 과거를 되풀이하고 싶은 마음은 추호도 없었다.

"준결승전 나가려고 이러는 거 아냐."

"참말이제?"

"그래, 그냥 어깨 상태만 확인해 보려는 거야."

"그라믄 딱 10개다. 알았제?"

"그래, 인마. 10개."

강동원에게 몇 번이고 확답을 받고서야 한문혁은 장비를 챙겼다. 그리고 두 사람은 비어 있는 투구 연습장에 자리를 잡았다.

작년 청룡기 우승 이후로 이사장이 운동장을 개보수 해주면서 연습장 한쪽 구석에 간이 불펜이 만들어졌다. 덕분에 투수들은 언제든지 불펜에서 투구 연습을 할 수 있었다.

"쪼매만 기둘려라."

포수석 뒤쪽 의자에 앉아 한문혁은 장비를 착용했다. 고작 연습 피칭이었지만 한문혁은 꼼꼼하게 장비 끈을 조였다. 그만큼 강동원의 공이 만만치 않았기 때문이다.

"마, 댔다. 이제 던져봐라."

마지막으로 미트까지 점검한 뒤 한문혁이 포수석에 주저앉았다. 하지만 마운드에 선 강동원은 좀처럼 공을 던질 생각을 하지 않았다.

"점마 뭐 하는데?"

한문혁이 불만스럽게 중얼거렸다. 그런 줄도 모르고 강동원은 손가락을 파고드는 실밥의 느낌에 빠져 있었다.

'이건 진짜야. 꿈이 아니야.'

손 안에 들어온 야구공을 천천히 돌리며 강동원이 씩 웃었다.

어쩌면 꿈일지도 모른다고 여겼다. 죽기 전 미련이 남은 자신에게 주어진 마지막 꿈일지도 모른다고 생각했다.

하지만 이 느낌은, 이 감촉은 결코 꿈에서 느낄 수 없는 것들이었다.

진짜 글러브. 진짜 야구공. 진짜 마운드.

"시팔, 내가 과거로 돌아왔다니."

강동원의 입가로 한가득 웃음이 걸렸다.

그때였다.

"마, 뭐 하노. 안 던지고."

기다리다 못한 한문혁이 자리에서 벌떡 일어났다.

"지금 던지려고 했어."

강동원이 가볍게 글러브를 까닥거렸다. 그러자 한문혁이 입술을 삐죽거리며 다시 포수석에 주저앉았다.

"이런, 신발 끈이 풀렸네?"

투수판을 확인하던 강동원의 눈에 느슨해진 스파이크가 들어왔다. 강동원은 실실 웃으며 스파이크 끈을 조였다. 그러고는 가볍게 어깨를 편 뒤에 투구판을 단단히 밟았다.

"쫌 던지라! 안 던질 기가?"

한문혁의 입에서 또다시 볼멘소리가 튀어나왔다. 강동원이 일부러 뜸을 들인다고 생각한 모양이었다.

"이제 간다!"

강동원이 크게 숨을 들이켰다. 그리고 아직 몸이 기억하는 투구 폼을 따라 빠르게 투구판을 박차고 나갔다.

팟!

손가락에 감겼던 공이 빠르게 앞으로 튕겨져 나갔다. 그와 동시에 강동원의 온몸으로 짜릿함이 퍼졌다.

'꿈이 아니야! 진짜야! 진짜 과거로 돌아왔다고!'

차마 내뱉지 못한 희열이 강동원의 얼굴을 타고 번졌다.

하지만 한문혁은 강동원을 따라 웃을 수가 없었다.

파앗!

한문혁을 훌쩍 넘긴 공이 백네트에 걸렸다. 어찌나 높이 치솟았던지 한문혁이 몸을 일으켜도 잡을 수가 없었다.

"에라이, 문디 자슥아. 내 이랄 줄 알았다."

철망을 타고 떨어진 공을 주워 들며 한문혁이 고개를 흔들어댔다. 어제 100구나 던지고 제대로 쉬지도 못했으니 제구가 잡히지 않는 것도 무리는 아니었다.

그러나 정작 강동원의 얼굴은 밝았다. 마치 처음으로 야구공을 던져 본 어린아이처럼 가슴속 벅찬 두근거림을 감추지 못했다.

"문혁아! 하나 더 받아봐라!"

공을 돌려받기가 무섭게 강동원이 한문혁을 재촉했다.

"이번에는 단디 던져라!"

한문혁이 반쯤 몸을 일으킨 채로 소리쳤다.

"걱정 마. 이번에는 스트라이크다!"

강동원이 큰소리를 치며 공을 내던졌다.

후앗!

강동원의 손가락을 빠져나온 공이 시원시원하게 허공을
갈랐다.

2장
소회

1

퍼엉!

미트에 꽂히는 공의 소리가 경쾌하게 울렸다.

순간 강동원의 입가로 웃음이 번졌다.

가볍다.

지난 경기로 인해 뭉쳐 있던 어깨가 아니었다.

공을 받는 한문혁도 살짝 놀라는 눈치였다.

'뭐꼬? 어제 100구 넘게 던진 녀석 맞나?'

정확하게는 몰라도 족히 140㎞/h는 될 것 같았다. 하지만 별로 기분이 좋지 않았다. 이러다가 강동원이 준결승전에 나가기라도 할까 봐 겁이 난 것이다.

"오늘 공 별로네."

한문혁이 고개를 절레절레 흔들며 자리에서 일어나 마스크를 벗었다.

"응? 마스크를 왜 벗어?"

공을 달라고 글러브를 내밀던 강동원이 물었다.

"10구 던졌잖아."

"벌써?"

"그래, 벌써 10구 던졌다."

"하나만 더 던지자."

강동원이 애원하듯 말했다. 아쉬웠다. 이대로 그냥 멈추기에는 10구는 너무나도 적었다. 몇십 년 만에 제대로 된 공을 던져보는데 여기서 끝내고 싶지 않았다.

하지만 한문혁은 단호했다.

"마, 첨에 나랑 약속했잖아."

"그건 그런데……."

"와? 니, 내 말 무시하나?"

"인마, 내가 널 왜 무시해."

"그럼 그만 던지라."

한문혁이 강동원의 손에서 글러브를 억지로 뽑아냈다. 속사정을 모르는 한문혁의 눈에 강동원은 어제 100구를 넘게 던지고도 오늘 또 공을 던져 보겠다고 떼를 쓰는 바보로밖에 보이지 않았다.

"알았어, 인마!"

강동원도 마지못해 마운드에서 내려왔다. 아쉬움이 컸지만 과거로 돌아와 이렇게 다시 공을 던질 수 있다는 사실만으로도 충분히 벅차올랐다.

한문혁은 서둘러 벤치에 앉아 장비를 해체했다. 그리고 홀가분해진 몸으로 강동원에게 다가왔다.

"샤워하고 갈 끼제?"

"그래야지."

"퍼뜩 가자."

"그래."

한문혁을 따라 강동원도 샤워실로 향했다. 1학년 때까지만 해도 샤워 꼭지가 고장 난 게 태반이던 샤워실도 작년 청룡기 이후로 깔끔하게 수리되어 있었다.

"뜨거운 물은 당연히 안 나오겠지?"

강동원은 혹시나 싶어 빨간 쪽으로 레버를 돌렸다. 하지만 쏟아지는 물은 뼛속을 얼려 버릴 만큼 차갑기만 했다.

샤워장에 들어간 지 3분 만에 한문혁이 밖으로 나왔다. 그리고 약 10여 분이 흐르고 나서야 강동원이 모습을 드러냈다. 그러자 한문혁이 잔뜩 인상을 찡그리며 한마디 내뱉었다.

"마, 굼벵이가? 왜 이렇게 늦노."

"지랄, 난 너처럼 대충대충 씻지 않거든."

"대충? 문디 자슥! 꼴에 깔끔 떤다 이기가?"

"시끄럽고, 이제 나가자."

대충 머리를 털어낸 뒤 강동원이 서둘러 옷을 갈아입고 가방을 짊어졌다.

장비가 들어간 가방은 제법 컸다. 그 무거운 가방을 강동원이 왼쪽 어깨에 둘러멨다. 오른손잡이 투수가 되고 난 후부터 모든 짐은 왼쪽 어깨가 전담하고 있었다.

"어깨는 참말로 괘안나?"

샤워실을 나서며 한문혁이 툭 하고 물었다.

"10구 가지고 어깨는 무슨……."

"그래도 아까는 뭉쳐 있었는데 통증은 없나?"

"걱정 마, 아무렇지 않으니까. 그냥 연습 삼아 던져본 거니까."

강동원이 대수롭지 않게 대답하였다. 그러자 한문혁이 인상을 찡그렸다.

"지랄, 연습 투구를 그렇게 씨게 던지나?"

"세게 안 던졌는데?"

"진짜로?"

"그래, 그냥 가볍게 던진 거라니까."

강동원이 장난스럽게 말했다. 농담이 아니라 초구와 2구째 제구가 잡히지 않으면서 전력을 다해 공을 던질 여유가 없었다.

하지만 한문혁은 미트를 파고드는 묵직함을 잊을 수가 없었다.

"니 죽을래? 공 받을 때 손바닥 아파 뒤지는 줄 알았는데. 그게 씨게 안 던진 거라고? 내가 니 공 한두 번 받나."

"아깐 별로라며?"

"니 첨에 똥볼 던졌다 아이가."

"나 참, 이랬다저랬다."

"시끄럽고. 아무튼 오늘 내일은 그냥 푹 쉬라. 알것제?"

"알았어, 암튼 잔소리는……."

"잔소리 듣기 싫으면 말 잘 듣든가."

한문혁이 큼지막한 손바닥으로 강동원의 등짝을 때렸다. 순간 짝 하는 소리와 함께 짜릿함이 강동원의 골수까지 파고들었다.

"이 자식아, 아프다고!"

강동원이 절로 미간을 찌푸렸다. 그러자 한문혁이 덩치에 어울리지 않게 실실 웃더니 슬금슬금 도망치기 시작했다.

"억울함 내 잡아봐라."

"이 문디 자슥, 잡히면 디진다!"

그렇게 강동원과 한문혁은 서로 쫓고 쫓기며 해명 고등학교 운동장을 벗어났다.

"빨리 온나. 뭐 하고 있는데."

강동원의 걸음이 굼떠질 때마다 한문혁이 재촉하듯 말했다. 하지만 강동원은 좀처럼 발을 옮기지 못했다. 눈에 들어오는 풍경들이 머릿속의 기억들을 일깨워 놓았기 때문이다.

'역시 그대로네. 아니지, 오랜만…… 이라고 해야 하나?'

익숙한 골목에 들어선 강동원은 학생 시절 자신이 걷던 그곳으로 다시 돌아왔다는 사실이 실감이 나지 않았다.

물론 고등학교 졸업한 이후에도 한두 번쯤 이 근처에 와보긴 했다. 하지만 정확하게 고등학교 시절 그때의 이곳을 와

보는 건 실로 오랜만이었다.

'그래도 여기가 제2의 고향인데 꼴에 자존심 세우겠다고…….'

강동원이 무겁게 한숨을 내쉬었다. 야구 선수에서 은퇴한 이후 사기까지 당하고 트럭 운전수가 되면서 이곳에서의 삶 자체를 부정해 버렸다.

물론 바쁘다는 핑계가 있었지만 왠지 이곳에 오면 야구를 했던 그때의 기억과 아픔이 떠올라 쉽사리 올 수가 없었다.

게다가 시간이 지나면서 이 동네도 많이 바뀌었다.

솔솔 풍기는 떡볶이 냄새와 튀김 냄새. 참기름을 살짝 두른 단무지 하나가 들어간 꼬마 김밥을 팔던 그 분식집 위치에는 어느새 9층짜리 건물과 함께 패스트푸드점이 들어서 있었다.

다른 곳도 마찬가지였다. 재개발을 한답시고 이리저리 땅을 헤집고 기존 건물들을 뭉개고 공사하는 곳 투성이었다.

그런 곳에 어머니만 혼자 두는 것이 강동원은 내심 불안했다. 아니, 어머니 때문에 이곳에 마지못해 와야 한다는 게 싫었다.

그래서 몇 번이고 서울로 이사를 가자고 권유 했지만 어머니의 고집을 꺾기에는 역부족이었다.

"나는 이곳에서 평생을 살았던지라 쉽게 떠날 수가 없

단다."

결국 강동원은 어머니의 고집을 꺾지 못했다. 그리고 사고가 나기 전까지 5년이 넘도록 어머니를 찾지 않았다.

그 생각만 하면 지금도 가슴 한구석이 죄책감으로 쿡쿡 찔렸다. 그래서 한문혁이 이 길을 안내했을 때 두려운 마음이 가득 치밀었다.

그러나 천만다행히도 눈앞에 보이는 풍경은 십여 년 전 그 시절로 변해 있었다.

아직 재개발이 진행되지 않은, 다소 삭막하지만 사람 냄새가 풀풀 풍기는 동네로 되돌아가 있었다.

강동원이 틈만 나면 찾던 그 분식집도 그 자리에 있었다. 강동원이 분식집 쪽으로 몸을 돌리자 늘 푸짐하게 음식을 내주던 분식집 아줌마가 반갑게 말을 걸었다.

"동워이, 집에 가나?"

"아, 네."

"출출하면 또 온나이. 아라쩨?"

"네, 많이 파세요."

분식점을 지나자 또 다른 낯익은 모습들이 눈에 들어왔다.

세탁소, 슈퍼마켓, 공인중개사무소, 문방구…… 모두가 예전 그대로였다.

덕분에 강동원은 또 한 번 자신이 과거로 돌아왔다는 것을 새삼 실감하게 됐다. 그렇게 옛 추억에 사로잡혀 있을 때 어디선가 '꼬르륵' 하는 소리가 들려왔다.

"응?"

강동원이 그 소리를 찾아 옆으로 고개를 돌렸다. 그러자 한문혁이 어색한 미소와 함께 손으로 배를 만져댔다.

"헤헤, 배가 고파가지고 말이야. 좀 놀랬제?"

"야, 네 배는 알람 시계냐? 어떻게 저녁 시간에 딱 맞춰서 울리냐."

"알람 시계 맞다. 와? 부럽나?"

"부럽기는 개뿔!"

강동원이 콧방귀를 끼며 고개를 돌려 버렸다.

그러자 한문혁이 강동원의 팔을 붙들며 말했다.

"동원아, 그라지 말고 오늘 느그집 가서 밥 먹으면 안 되나?"

"우리 집?"

"그래, 우리 집엔 아무도 없다 아이가."

"아, 그랬지."

강동원이 그제야 한문혁의 가정사가 떠올랐다. 작년 말에 한문혁 엄마가 집을 나갔고, 아버지와 살고 있다는 사실을 말이다.

게다가 한문혁의 아버지는 운수업을 해서 자주 집에 들어오지 않았다. 3일에 한 번이 기본이고 어떨 때는 일주일이나 보름이 다 되어서야 집에 들어오기 일쑤였다. 그래서 한문혁은 제때 밥을 챙겨 먹을 수가 없었다.

"그래, 가서 먹자. 근데 집에 먹을 게 없을 텐데."

"라면 읎나?"

"라면이야 많지."

"그럼 가자! 나는 라면이면 댄다!"

한문혁이 씩 웃으며 말했다. 하지만 그 표정은 식당 골목에 들어서면서 조금씩 흔들리기 시작했다.

"있제, 동원아."

"어? 왜?"

"그라지 말고 느그 어무이 식당 가면 안 되나? 내 어제부터 그 뭐고, 김치찌개가 억수로 먹고 싶어 죽는 줄 알았다 아이가."

"우리 엄마…… 식당?"

강동원은 그제야 식당 골목이 낯설지 않은 이유가 생각났다. 프로에 들어간 이후 그만두긴 했지만 어머니는 이 무렵 근처 어딘가에서 자그마한 식당을 하고 있었다.

"느그 어무이가 끓여주시는 김치찌개. 그 김치찌개가 너무너무 그립다. 우째 안 되겠나?"

한문혁이 어린아이처럼 강동원의 팔을 흔들며 보챘다. 그

간절한 눈빛에 강동원은 절로 마음이 짠해졌다.

사실 그 시절에는 이런 한문혁의 모습을 보고 짜증이 났었다. 아무리 그래도 친구 엄마에게까지 밥을 얻어먹겠다는 게 낯짝이 두꺼워 보였다.

하지만 그건 핑계에 불과했다. 어머니가 고생하는 식당에 가는 게 싫으니 괜히 한문혁에게 면박을 준 것뿐이었다.

아버지의 사업이 잘됐을 때만 해도 어머니는 서울에서 사모님 소리를 들으며 편히 지냈다. 그런데 자신의 뒷바라지를 하겠다고 앞치마를 두른 식당 아줌마가 되어버렸으니 그 모습을 보기가 편치 않았던 것이다.

하지만 이제 와 생각해 보면 야구 좀 한답시고 제 생각만 했던 게 더 부끄럽게 느껴졌다. 철이 없었다고 웃어넘기기 미안할 만큼 그때는 말 그대로 싸가지가 없었다.

"알았다! 가자, 인마!"

강동원이 씩 웃으며 한문혁의 등짝을 때렸다. 그러자 한문혁이 기다렸다는 듯이 강동원을 끌어안았다.

"좋았어! 얼른 가자! 빨리 가자!"

한문혁이 침을 꿀떡 삼키며 강동원을 재촉했다. 덕분에 강동원도 갑자기 배에서 꼬르륵 소리가 나기 시작했다.

그런데…….

"와? 뭔 일 있나?"

"아, 아니, 그러니까……."

강동원의 눈동자가 급격히 흔들렸다. 하도 오래전이어서 그런지 어머니 식당으로 가는 길이 헷갈린 것이다.

'가만, 어디였더라? 여기로 갔었나?'

강동원이 한문혁 눈치를 살피며 갈팡질팡하고 있을 때 한문혁이 어깨동무를 풀고 조용히 물었다.

"동원아, 니 어데 아프나?"

"아니."

"그런데 니 지금 뭐 하는 기고?"

"하핫, 뭐 하긴 잠깐 생각할 것이 있어서 그러지."

"생각? 무신 생각?"

"이런저런 생각……."

"에라이, 지랄하고 자빠졌네. 마, 배고파 디지겠는데 무신 생각을 한단 말이고. 뻘짓 하지 말고 퍼뜩 가자!"

한문혁은 한심한 소리를 한다며 고개를 절레절레 흔들고는 앞장서서 걸어갔다. 이곳저곳 골목을 걸어가는 한문혁의 걸음에는 막힘이 없었다.

덕분에 강동원은 눈치껏 길을 익힐 수 있었다.

그렇게 얼마를 걸었을까? 몇 번의 골목을 지나고 나서야 낯익은 그림들이 눈에 들어왔다.

'그래, 여기였어. 저 모퉁이만 돌아서면 엄마 가게야.'

강동원의 말처럼 골목 모퉁이를 돌아서자 어머니 식당이 눈에 들었다.

허름한 낡은 간판에 곧 쓰러져도 이상하지 않을 파란 기와지붕으로 된 가게였다. 전통 찻집을 운영하던 사람이 망하고 싸게 내놓은 걸 어머니가 간판만 바꿔 식당으로 쓰고 있었다.

겉모습이라도 번듯하면 좋으련만 그 당시에는 이것도 감지덕지였다. 그래서 강동원은 주변 사람들에게 어머니가 식당 한다는 사실을 숨겼다. 딱 한 명, 한문혁에게 들켜 네 번 정도 식당에 데려간 게 전부였다.

그런데 한문혁은 마치 제 집을 찾아가듯 단번에 어머니의 식당 앞에 도착했다.

"동원아! 얼른 온나!"

식당 앞에 서서 한문혁이 발을 동동 굴렀다. 그 모습이 어찌나 요란스럽던지 허름한 어머니 식당이 무너지지는 않을까 걱정이 들 정도였다.

'그건 그렇고 이건 너무 낡았는데……'

어머니의 식당을 눈으로 훑던 강동원의 표정이 어두워졌다. 그때는 몰랐는데 이제 와 보니 식당 외관이 생각보다 너무 허름했다.

누레진 외벽은 둘째 치고 누군가 낙서를 해놓은 흔적들

까지, 식당이라는 간판이 없다면 아무도 거들떠보지 않을 것 같았다.

이런 곳에서 엄마가 자신을 위해 늦은 밤까지 일을 했다고 생각하니 가슴 한편이 짠해졌다.

'이렇게 고생하셨는데…… 그때는 왜 몰랐을까?'

강동원의 얼굴에 미안함과 안쓰러움이 동시에 지나갔다. 그런 강동원의 감정을 뒤로하고 한문혁은 기다리다 못해 먼저 가게 문을 열어젖혔다.

"어무이, 저 왔심더!"

한문혁은 마치 자신의 단골 가게처럼 당당하게 소리치며 들어갔다. 그러자 구석 식탁에 앉아 재료를 다듬던 어머니가 자리에서 일어나며 한문혁을 맞았다.

"어머나, 이게 누구야? 문혁이 아니니. 어서 오렴. 그렇지 않아도 문혁이 보고 싶었는데 잘 왔어."

환하게 웃어주는 어머니를 보며 한문혁은 괜히 얼굴이 발그레해졌다. 얼마 전 집을 나간 친어머니조차 자신을 이렇게 반겨준 적이 거의 없었기 때문이다.

"헤헤헤, 어무이."

한문혁이 제 어머니라도 되는 것처럼 강동원의 어머니에게 다가가 안겼다. 한문혁의 소식을 들어 알고 있던지 강동원의 어머니는 그런 한문혁을 꼭 끌어안아 주었다.

뒤이어 강동원이 식당 안으로 들어왔다.

"동원이 왔니? 연습은?"

"조금 전에 끝났어요."

"밥은 아직이지?"

"네."

"조금만 기다려라. 맛있게 해줄 테니까."

모자간의 대화는 평소와 다름없었다. 하지만 한문혁의 눈에는 강동원이 어머니에게 틱틱거리는 것처럼 보였다.

"어무이! 배고파 죽겠습니다. 어무이가 해주시는 얼큰한 김치찌개 먹고 싶어 이리 안 왔습니까."

분위기를 바꾸듯 한문혁이 자신의 배를 툭툭 치며 소리쳤다.

"그래? 내 김치찌개가 맛있다니 고맙구나."

어머니는 빙긋 웃으며 식당 안으로 들어갔다. 그리고 잠시후 칼질 소리가 요란하게 울렸다.

"물 줄까?"

"댔다, 마. 내가 가져올 끼다."

넉살 좋은 한문혁이 물통과 컵을 가져왔다. 그리고 컵에 물을 가득 따라 강동원에게 내밀었다.

강동원은 군말 없이 물을 들이켰다. 그사이 부엌 쪽에서 칼칼한 냄새가 풍기기 시작했다.

"크아. 나온다, 나와!"

한문혁의 얼굴이 자연스럽게 부엌 쪽으로 향했다. 그러다 어느 순간부터는 요리하는 어머니의 옆모습을 뚫어져라 바라봤다.

'짜식.'

강동원은 한문혁의 속내가 이해가 갔다.

말은 하지 않았지만 어머니가 얼마나 보고 싶었을까.

이렇게 친구의 어머니를 통해 외로운 마음을 달래는 걸 보니 가슴 한구석이 또다시 짠해졌다.

잠시 후 양은 냄비에 보글보글 소리를 내는 김치찌개가 나왔다. 어머니는 밥과 반찬, 마지막으로 김치찌개를 내려놓으며 말했다.

"많이들 먹어. 밥 많이 있으니까 더 먹고."

"네, 어무이. 잘 묵겠습니다."

한문혁은 기다렸다는 듯이 한 술 떠 입으로 가져갔다.

"크하! 쥑이네. 바로 이 맛이제."

한문혁은 아예 냄비에 코를 박으며 김치찌개를 해치우기 시작하였다. 어머니는 그런 한문혁을 흐뭇한 눈길로 바라보다가 강동원에게 말했다.

"동원이 너는 뭐하고 있니, 어서 먹지 않고."

"아, 으응. 지금 먹어."

한문혁의 폭풍 수저질에 넋이 나갔던 강동원도 뒤늦게 수저를 들었다. 그리고 김치찌개를 한 숟갈 떠서 입으로 가져갔다.

그 순간.

'아, 짜!'

과도한 염화나트륨의 기운이 입안 가득 퍼졌다.

"왜 그래? 혹시 짜니?"

"으응, 좀 짠데?"

"그래? 이상하다. 싱겁게 했는데."

"그냥, 좀 짭짤하다고."

강동원이 멋쩍게 웃었다.

본래 서울 토박이인 어머니는 음식을 심심하게 하는 편이었다. 그런데 부산에 내려온 이후로 어머니의 요리가 많이 짜졌다. 부산 사람들의 입맛에 맞추다 보니 어머니 입맛도 자체적으로 짠맛에 익숙해져 버렸다.

하지만 한문혁의 눈에는 그저 팔자 좋은 투정에 불과했다.

"문디 자슥! 배부른 소리하고 자빠졌네. 마, 이게 뭐가 짜노. 맛만 있구만! 어무이! 하나도 안 짭니더. 진짜 최곱니더!"

한문혁은 강동원을 대신해 어머니에 엄지손가락을 추켜세웠다.

"그래, 고맙다. 많이 먹고 자주 오렴. 알았지?"

어머니도 한문혁의 넉살을 마음에 들어 했다. 아들이라고
는 하나 있는 강동원이 조금 무뚝뚝한 성격이다 보니 한문혁
이 살갑게 느껴진 것이다.

"당연하지예. 또 오겠십니더."

한문혁이 밥을 주먹만큼 퍼 올리더니 그 위에 커다란 고깃
덩어리 하나와 김치를 올려 입안에 쑤셔 넣었다.

저러다 입이 찢어지지나 않을까 싶었지만 한문혁은 용케
도 그 많은 걸 꿀꺽꿀꺽 삼키고는 고춧가루 낀 이를 환하게
드러내며 웃었다.

"너…… 괜찮냐?"

강동원이 질렸다는 얼굴로 물었다. 그러나 한문혁은 또다
시 주먹만 한 밥을 퍼 올리며 말했다.

"그럼 괜찮지. 인마야, 니 묵기 싫으면 치아라. 내 혼자 다
묵을 끼다."

한문혁은 걸신들린 사람처럼 밥과 찌개를 비워 나갔다. 그
러고는 순식간에 텅 빈 밥그릇을 어머니에게 내밀었다.

"어무이, 한 그릇 더 주이소."

"그래, 밥 많으니까 많이 먹어라."

한문혁의 밥그릇을 받아 든 어머니가 환하게 웃으며 부엌
으로 들어갔다.

그러는 사이 강동원도 다시 밥을 먹기 시작했다. 생각 이

상으로 짜긴 했지만 강동원에게도 오랜만에 먹어보는 엄마표 김치찌개였다.

'이 짠맛, 정말 오랜만이다.'

강동원은 괜히 마음 한편이 뭉클해졌다. 중간중간 짠맛을 없애느라 물을 마셔서 헛배가 불러오긴 했지만 이렇게 다시 어머니의 찌개를 맛볼 수 있다는 게 그저 감사하기만 했다.

그렇게 힘겹게 밥과 찌개를 비운 뒤 강동원은 숨을 돌릴 겸 식당을 둘러봤다.

밖에서 봤을 때도 엉망이었지만 식당 안도 허름하긴 마찬가지였다. 벽마다 크고 작은 금이 간 건 기본이고 수많은 거미줄까지 절로 눈살이 찌푸려질 지경이었다.

'하아.'

강동원은 속으로 한숨을 내쉬었다. 그럴수록 어머니에 대한 미안한 감정이 올라왔다.

'왜 그때는 이걸 보지 못했을까. 하아, 나란 놈도 정말 이 기적으로 살았구나.'

강동원은 스스로 자책하고 부끄러워했다. 야구 좀 한답시고 어머니의 고생은 아무렇지도 않게 여겼던 지난날이 너무나 한심스럽게 느껴졌다.

'일단 날 잡아서 어머니 가게 청소 좀 하자.'

여전히 허겁지겁 먹고 있는 한문혁을 보며 강동원이 고개를 주억거렸다.

훈련이 없는 날 한문혁을 데리고 와서 청소를 한다면 그럭저럭 묵은 때는 벗겨낼 수 있을 것 같았다.

그때였다.

드르륵.

요란한 철문 소리와 함께 가게 문이 열렸다. 그리고 40대 후반의 대머리 사내가 히죽거리며 안으로 들어왔다.

"이보게, 김 여사! 잘 있었나? 내 왔다 아이가."

대머리 사내는 마치 서방이라도 되는 듯 능글맞게 어머니를 부르며 구석 자리에 앉았다.

순간 강동원과 한문혁의 표정이 굳어졌지만 대머리 사내는 조금도 신경 쓰지 않았다.

"이 사장님 오셨어요."

어머니는 아무렇지도 않은 얼굴로 물통과 컵을 대머리 사내 앞에 내놓았다.

"오늘은 좀 일찍 오셨네요."

"하모, 김 여사 밥이 그리워서 내 좀 급히 서둘렀다 아이가. 그동안 잘 지냈는가?"

대머리 사내가 씩 웃으며 어머니의 손을 만지려 했다. 그러자 어머니가 움찔하며 손을 뒤로 뺐다. 평소에도 손장난을 받아주진 않았지만 아들이 보는 앞에서 우스운 꼴을 보이고 싶지는 않았다.

"농담 그만하세요. 오늘은 뭘 드릴까요?"

"하하하, 역시 김 여사는 철저해. 난 김 여사 이런 모습이 느무 좋네그려."

"평소처럼 드려요?"

"하하, 역시 김 여사는 내 마음을 너무 잘 안단 말이야."

"그럼 김치찌개랑 소주 한 병 내올게요."

어머니는 곧장 주방으로 가서 음식을 만들기 시작하였다. 그런 어머니의 모습을 대머리 사내는 음흉한 눈으로 쉴 새 없이 힐끔거렸다.

"저 아재, 지금 장난하나."

도가 지나친 대머리 사내를 보며 한문혁이 제 일처럼 흥분했다.

강동원도 열이 받긴 마찬가지였다. 예전에도 어머니를 보고 치근덕거리는 사내가 적지 않았지만 그 모습을 눈앞에서 보니 속이 부글부글 끓어올랐다.

하지만 강동원은 애써 화를 억눌렀다. 다른 곳도 아니고 어머니가 힘겹게 일군 가게에서 소란을 피우고 싶지 않았다.

그러나 강동원의 어머니를 친어머니처럼 여기기로 마음먹은 한문혁은 도저히 그냥 넘어갈 수가 없었다.

"저 아재 안 되겠네. 나 말리지 마라."

참다못한 한문혁이 자리에서 일어나려 했다. 표정을 보아하니 대머리 사내의 멱살이라도 잡을 기세였다.

그러자 강동원이 한문혁의 팔을 냉큼 붙들었다.

"뭐 하려고."

"보면 모르나?"

"소란 피우지 마. 어머니 가게야."

"그래도……."

"어머니가 알아서 잘 대응하실 거야. 그러니까 신경 쓰지 마."

"하아, 알았다."

한문혁이 마지못해 물러났다. 아들인 강동원이 참겠다는데 자신이 나서서 소란을 피울 수는 없는 노릇이었다.

물론 강동원도 마음이 편치 않았다. 이런 진상 손님들을 상대로 장사를 해야만 했던 어머니를 생각하니 가슴 한편이 쓰렸다.

무일푼으로 쫓기듯 부산으로 내려온 뒤 어머니는 남의 가게 식당일이며 설거지까지 안 해본 일이 없었다.

그러다 겨우 이 가게 터를 얻었다. 그리고 이 가게 터를 얻어다 준 게 저기 앉아 있는 밉상스러운 대머리 사내였다.

강동원은 자신의 감정보다 어머니의 입장을 먼저 헤아렸다. 내 기분만 편하자고 어머니를 불편하게 만들고 싶진 않았다.

그렇다고 아들이 되어서 이대로 못 본 척 넘기기도 쉽지
않았다.

"문혁아, 다 먹었지? 그만 가자."

"응?"

"그만 가자고."

강동원이 굳은 얼굴로 자리에서 일어났다.

"으응, 그래."

한문혁도 엉겁결에 엉덩이를 들어 올렸다.

덩치 큰 야구 선수 둘이 일어나자 주변이 소란스러워졌다.
자연스럽게 대머리 사내의 시선이 강동원 쪽으로 움직였다.

"엄마, 나 그만 가볼게요."

대머리 사내와 가볍게 눈을 마주친 뒤 강동원이 부엌을 향
해 크게 소리쳤다.

"벌써 가게?"

어머니가 행주에 손을 닦으며 밖으로 나왔다. 오랜만에 식
당을 찾아온 아들에게 이것저것 더 먹이고 싶었는데 이대로
가겠다니 서운하기만 했다.

하지만 강동원은 이렇게나마 과거로 돌아와 어머니를 만
난 것만으로도 충분히 만족스러웠다.

"피곤해요. 집에 가서 한숨 자고 올게요."

"그래, 알았다."

"혹시 가게에 무슨 일 있으면 집으로 연락해요. 알았죠?"

강동원이 대머리 사내 쪽을 바라보며 단단히 말했다. 그러자 이쪽을 힐끔거리던 대머리 사내가 움찔 놀라며 고개를 돌렸다.

"그래, 알았다."

자연스럽게 어머니의 입가로 옅은 미소가 번졌다. 강동원이 쓸데없는 오해를 하지 않고 듬직하게 굴어줘서 기특한 모양이었다.

"어무이, 진짜 잘 묵고 갑니다."

"그래, 배고프면 언제든지 찾아오고."

"네, 어무이!"

한문혁이 먼저 인사를 하고 가게를 빠져나갔다. 뒤이어 강동원도 가방을 챙겨 들었다.

"우리 어머니 찌개 맛있죠? 앞으로도 자주 오세요."

가게를 나서기 전 강동원이 대머리 사내를 향해 말했다. 입은 웃고 있었지만 대머리 사내를 바라보는 강동원의 눈빛은 더없이 싸늘하기만 했다.

"어험, 목이 마르네."

괜히 멋쩍어진 대머리 사내가 컵에 담긴 물을 벌컥벌컥 마시며 딴청을 피워댔다.

4

잠깐 저녁을 먹은 사이 밖은 어둑하게 변해 있었다.

'어디로 가야 하지?'

몇 골목 지나지 않아 강동원은 길을 잃고 주변을 두리번거려야 했다. 가물가물한 기억으로 쉽게 찾아갈 만큼 십여 년 전 이곳은 녹록치 않았다.

그러자 뒤따라오던 한문혁이 한마디 했다.

"와? 또 뭐 생각할 게 있나."

"응? 어."

"지랄하고 자빠졌네. 치아라, 마. 뭐하는데? 하루 종일 빙시처럼."

불뚝 튀어나온 배로 강동원을 툭 하고 밀쳐 낸 뒤 한문혁이 저만치 앞장서서 걸어 나갔다.

"히히. 자알 무거따."

오랜만에 배불리 먹어서일까. 한문혁의 입에서 듣기 싫은 콧소리가 흘러나왔다.

"아, 진짜."

창피한 마음에 강동원은 한문혁과 5미터쯤 거리를 두고 뒤쫓았다. 그렇게 얼마를 걸었을까.

"다 왔다."

한문혁이 허름한 단독주택 앞에서 몸을 돌렸다.

"우리 집이네."

강동원의 시선이 대문으로 향했다. 지금은 구경하기조차 힘든 녹이 덕지덕지 낀 파란 대문을 보고 있자니 과거로 돌아왔다는 사실이 실감이 났다.

"그럼 느그 집이지. 우리 집이가. 아무튼 오늘은 딴짓 말고 푹 쉬라. 알긋제?"

"알았어."

"오야, 낼 보자."

한문혁이 손을 흔들며 골목길을 따라 사라졌다. 그 모습을 잠시 지켜보다가 강동원은 조심스럽게 철문을 밀어젖혔다.

끼거걱.

요란한 소리와 함께 철문이 열렸다. 그와 동시에 주위의 풍경들이 빠르게 눈에 들어왔다.

그 순간 애써 잊어버렸던 기억들이 빠르게 떠올랐다.

강동원은 집 안으로 들어가지 않고 찬찬히 집을 구경하였다.

사실 그 당시에는 이 집에 대한 애착이 별로 없었다. 집에 들어오면 밥 먹고, 자고 일어나면 야구 연습을 했다.

하루 빨리 성공해서 좋은 곳으로 가는 것이 인생의 첫 목표였을 때였다.

실제로 프로 구단에 입단하여서는 기숙사 생활을 하느라 집에는 거의 온 적이 없었다. 그런데 이렇게 돌아와 보니 꼭 고향에 온 것 같은 기분이 들었다.

강동원은 신발을 벗고 집 안으로 들어갔다. 그리고 작은 방이라 기억하고 있는 문을 열었다.

그런데.

"어라?"

당연히 자신의 방일 것이라 여겼던 작은 방이 자신의 방이 아니었다. 화장대와 오래된 장롱이 덩그러니 놓인 어머니가 쓰시던 방이었다.

"아차, 그랬지."

강동원은 뒤늦게 몸을 돌려 안방으로 향했다. 안방 문을 여니 비로소 낯익은 광경이 눈에 들어왔다.

벽면에 가득 붙은 야구 선수 포스터, 여벌의 야구복, 글러브, 방망이, 운동화. 누가 봐도 야구 선수가 쓰는 방 같았다.

안방으로 들어온 강동원은 어깨에 메고 있던 가방을 침대 옆에 내려놓았다. 그리고 낡지만 큼지막한 침대에 걸터앉았다.

삐그극.

한참 만에 돌아온 주인을 반기듯 침대가 비명을 내질렀다. 하지만 강동원은 웃지 않았다. 아니, 웃을 수가 없었다.

"나도 참 이기적으로 살았네."

당연하다는 듯 안방을 차지하고 있던 자신을 떠올리며 강동원이 나직이 한숨을 내쉬었다.

물론 그 당시에는 어머니를 대신해 안방을 차지할 수밖에 없는 이유가 있었다. 부산으로 내려올 때 유일하게 가져왔던 강동원의 커다란 침대를 놔둘 만한 방이 안방뿐이었기 때문이다.

'엄마는 아무 방이나 써도 상관없어.'

어머니는 군말 없이 안방을 내주셨다. 설사 침대가 아니었더라도 어머니는 조금 더 넓고 편한 방을 강동원에게 양보했을 게 뻔했다.

그러나 그 당시 강동원은 어머니의 배려를 고마워하지 않았다. 그저 당연한 일이라고 여겼다.

"후우……."

철없던 시절의 상념을 떨쳐 내듯 고개를 흔든 뒤 강동원은 옷을 벗고 화장실로 향했다. 찬물에 샤워라도 해야 정신이 번쩍 들 것 같았다.

5

"으, 시원하다."

샤워를 마친 뒤 강동원은 서둘러 수건을 집어 들었다. 찬물로 씻는 것에는 이골이 났지만 이상하게 집에서 씻고 나면 온몸이 바들바들 떨렸다.

그렇게 몸을 닦고 한참 머리를 털어내던 강동원의 귓가로 고장 난 듯한 전화벨 소리가 들렸다.

"응? 누구지?"

강동원은 서둘러 전화를 받았다. 그러자 수화기 너머로 걸걸한 목소리가 들려왔다.

-여보세요.

"예, 전화 받았습니다."

-오, 동원이니?

정겹게 자신의 이름을 부르는 사내의 목소리를 들은 순간 강동원은 상대가 누구인지 어렵지 않게 알아챘다.

바로 서울 작은아버지 목소리였다.

자연스럽게 강동원의 표정이 딱딱하게 굳어졌다.

"……누구세요?"

강동원은 알고 있으면서도 모른 척 물었다. 그러자 작은아버지가 서운하다는 투로 말했다.

−너는 내 목소리도 기억 못 하니, 쯧. 작은아버지다.

"아, 네. 전화기가 잘 안 들려서요."

덩달아 강동원의 목소리도 가라앉았다.

사실 강동원은 작은아버지가 그리 달갑지 않았다. 어렸을 때는 지금처럼 싫지 않았지만 나이를 먹고 어른들의 일을 알게 된 이후로 작은아버지와는 말도 섞지 않아왔다.

물론 아버지의 사업이 잘될 때는 모든 게 좋았다. 부모님과도 돈독했고 가족 행사 때마다 자신을 살뜰히 챙겨주는 작은아버지를 좋은 분이라 여겼다.

아니, 솔직히 그 당시에는 아버지보다 몰래 용돈을 챙겨주는 작은아버지를 더 좋아하기도 했었다.

그런데 아버지 회사가 위기를 맞고, 끝내 부도가 나면서 모든 게 달라졌다.

빚쟁이들을 피해 이리저리 도망을 다니던 아버지는 끝내 교통사고로 돌아가셨다. 반면 작은아버지는 부도난 아버지 회사를 아주 싼 가격에 인수해 지금은 오히려 더 잘살고 있었다.

하지만 그 당시 강동원은 아무것도 몰랐다. 그저 잊지 않고 어머니와 자신을 챙겨주는 작은아버지가 고마웠다.

지금 살고 있는 이 집도, 어머니 가게도 작은아버지가 해 주셨다. 그래서 그런 작은아버지를 믿고 따랐었다.

그런데 나중에 한참 시간이 흐른 후 아버지가 보험을 들었다는 사실을 알게 됐다. 뒤늦게 확인해 보니 수령자가 작은아버지였다.

그리고 작은아버지가 생색내며 준 돈은 아버지의 사망 보험금이었다. 그것도 받은 돈의 절반밖에 주지 않았다.

그 사실을 알고 강동원은 작은아버지에게 뛰어가 대판 싸웠다. 그리고 작은아버지와 척을 지고 살아왔다.

그런데 갑자기 수화기 너머로 작은아버지의 목소리를 들으니 절로 목소리가 퉁명스러워질 수밖에 없었다.

─그러니까 전화기 하나 새로 사라니까. 아무튼, 동원이 너는 잘 지내고 있니?

"네, 잘 못 지낼게 뭐 있겠어요."

─응? 그, 그래? 야구 하느라 힘들지?

"야구야 다 똑같죠."

─그런데…… 동원이 너, 무슨 일 있니?

작은아버지가 조심스럽게 물었다. 자신을 아버지처럼 따르던 조카가 갑자기 툭툭거리니 당황스러운 모양이었다.

'하아.'

강동원은 애써 마음을 다잡았다. 작은아버지에 대한 감정은 여전했지만 그렇다고 제 앞가림도 못 하는 상황에서 무작정 들이받을 수는 없는 노릇이었다.

"아닙니다. 그런데 무슨 일이세요?"

─무슨 일은. 너 내일모레 선발이지? 격려 차원에서 전화했다. 우리 동열이도 그날 선발이거든.

"아, 네."

─내일 잘해서 둘이 결승전에서 한번 봐야지. 그게 너희 아버지 소원이었잖아. 알고 있지?

"네에, 그래야죠."

작은아버지가 갑작스럽게 꺼낸 말에 강동원도 잠시 옛 생각에 빠져들었다.

돌아가신 아버지와 작은아버지 두 분 다 야구광이었다. 하지만 같은 서울 출신인데도 좋아하는 선수와 구단이 달랐다.

"야구 하면 자이언츠지!"

"무슨 소리야, 그게? 야구는 당연히 타이거즈지!"

"너 최동원 던지는 거 못 봤어?"

"아이고, 형. 언제 적 최동원 이야기하는 거야? 프로에서는 선동열이 최고야. 그건 부산 사람들도 인정한다고."

"누가 선동열이 최고라 그래? 내가 인정 안 하는데?"

"형 빼고 다 인정한다니까? 밖에 가서 물어봐. 최동원인지 선동열인지 말이야."

지금은 돌아가신 할아버지의 말씀에 따르면 아버지와 작

은아버지는 틈만 나면 대한민국 최고의 투수를 두고 입씨름을 벌였다고 한다.

아마추어 시절부터 최동원의 열렬한 팬이었던 아버지는 최동원을 최고라고 말했다.

최동원이 생각보다 일찍 은퇴하긴 했지만 메이저리그에 갔다면 못해도 박찬호 정도는 해냈을 것이라며 열을 올렸다.

반면 작은아버지는 프로에서의 성적을 앞세우며 선동열이 최고라고 치켜세웠다.

처음에는 최동원에 대한 반발심에 선동열을 지목했지만 어느 순간부터는 선동열의 각종 기록들을 줄줄 외울 정도로 열성팬이 되어 있었다.

그 싸움이 좀처럼 끝나지 않자 아버지와 작은아버지는 연장전을 진행했다. 바로 아들들에게 최동원과 선동열의 이름을 붙여 야구 선수로 키워보자는 것이었다.

아버지 덕분에 선동열의 후계자가 되어버린 사촌 강동열은 강동원보다 한 살 어렸다. 지금은 서울 덕선 고등학교에서 선발 투수로 활동하고 있었다.

아버지의 부도로 인해 강동원이 부산으로 내려오기 전까지 강동원과 강동열은 대회에서 종종 얼굴을 부딪쳤다.

큰 대회의 중요한 순간에 맞붙은 적은 없었지만 강동원과 강동열이 선발 맞대결을 벌이면 지역 일간지에서도 리틀 최동원과 리틀 선동열이라는 표현을 써가며 관심을 보이기도 했다.

지금까지의 전적은 두 차례 맞붙어 1승 1패.

이런 상황에서 강동원의 해명 고등학교와 강동열의 덕선 고등학교가 봉황기 4강에 진출했으니 작은아버지도 기대가 큰 모양이었다.

하지만 강동원은 일찌감치 출전을 포기한 상태였다.

"작은아버지."

―응?

"저 준결승에 못 나가요."

―어? 왜? 혹시 학교에 무슨 일 있는 거니? 그런 거야?

"그게 아니라 어깨가 좀 별로예요. 어제 많이 던지기도 했고요."

―아…… 그래? 혹시 심각한 거니?

"그 정도는 아니고요. 휴식 차원에서 이번 경기는 거르기로 했어요."

―그래, 그렇지 않아도 요즘 너만 던지는 거 같아서 걱정했는데 잘 생각했다. 대회도 중요하지만 무리하지 말고 좀 쉬어라. 알았지?

작은아버지가 걱정 어린 목소리로 말했다.

하지만 강동원은 그것조차 불편하기만 했다.

"동열이는 어때요?"

강동원이 냉큼 말을 돌렸다. 지금쯤이면 작은아버지가 강동열의 자랑을 하고 싶어 입이 근질거릴 것이라 생각했다.

아니나 다를까.

―하하, 동열이야 잘 지낸다. 아직 2학년인데 벌써부터 주변에서는 덕선의 에이스라고 어찌나 띄워주는지 원. 뭐 너도 알겠지만 2학년이 에이스가 되는 게 엄청 어려운 일이잖아.

"그렇죠."

―그런데 그걸 해내는 걸 보니 기특하기도 하고 또 이러다 선배들에게 밉보이는 거 아닌가 걱정스럽기도 하고 그렇단다. 얼마 전에는 지역 신문 기자가 찾아왔는데…….

작은아버지는 기다렸다는 강동열에 대한 이야기를 늘어놓았다. 어머니가 작은아버지 전화를 받을 때마다 뭘 그리 오래 전화기를 붙잡고 있나 싶었는데 작은아버지가 매번 이런 식으로 자식 자랑을 해온 모양이었다.

하지만 강동원은 강동열의 소식이 별로 궁금하지 않았다.

―그래서 내가 뭐라고 했냐면…….

"작은아버지."

―응?

"저 화장실이 급해서요. 이만 끊어야 할 거 같은데요."

―그, 그러냐?

작은아버지가 아쉽다는 투로 주절거렸다.

그러나 강동원은 매정했다.

"엄마랑 저는 잘 지내고 있으니까, 너무 걱정하지 마시고요."

─오, 오냐, 알았다. 몸 관리 잘하고 또 연락하마.

"저 정말 급해서 그러니까요. 먼저 끊을게요."

강동원은 냉큼 수화기를 내려놓았다. 그러곤 슬쩍 입가를 비틀어 올렸다.

소심하긴 했지만 이렇게라도 복수를 할 수 있어서 기분이 좋았다.

하지만 그것만으로는 성이 차지 않았다. 하루 빨리 성공해서 강동열밖에 모르는 작은아버지의 코를 납작하게 만들어 주고 싶었다.

"후우……. 피곤하다. 일단 좀 쉬자."

강동원은 자신의 방으로 들어갔다. 침대며 바닥에 널브러진 운동기구들이 강동원의 시선을 잡아끌었지만 애써 외면했다.

어제 100개가 넘는 공을 던졌다면 오늘은 군말 없이 어깨를 쉬게 하는 게 좋았다. 괜히 이런저런 운동을 했다가 어깨 상태가 악화될 수 있었다.

"조바심 갖지 말자. 이제 시작일 뿐이야."

큼지막한 침대에 몸을 던지며 강동원이 나직이 중얼거렸다.

그리고 잠시 후.

드릴 소리 같은 게 집 안을 요란하게 울렸다.

3장
달라졌어

1

봉황기 준결승전이 열리는 고척 돔구장.

야구장 입구에는 '봉황기 야구 준결승전 해명 고등학교 vs
서린 고등학교'라는 플래카드가 펄럭이고 있었다.

고교 야구인데도 야구장에는 적잖은 관중이 모여 있었다.

대부분이 해명 고등학교와 서린 고등학교를 응원하기 위
해 온 학부모와 학생들이지만 각 프로 구단들의 스카우터도
몇몇 눈에 보였다.

그들은 잠자리 선글라스와 캠코더를 손에 들고 야구장을
훑어보고 있었다.

이번 준결승전은 해명 고등학교의 홈경기로 치러졌다. 따라서 1루 측 더그아웃 위쪽으로 해명 고등학교 응원단이 자리를 잡았다.

그중에서도 해명 고등학교 야구부 후원회 사람들은 잔뜩 들뜬 얼굴이었다. 해명 고등학교가 실로 오랜만에 전국 대회 4강에 올랐으니 다들 신이 난 모양이었다.

"오늘 선발이 동원이 맞제?"

"하모, 준결승인데 당연히 동원이가 나와야제."

"8강전 때는 쫌 비실비실하던데 오늘은 괜안으까?"

"두말하면 입 아프제. 내가 무쇠팔 최동원이 후계자로 찍은 아 아이가. 당연히 잘할 끼다."

"좋아, 좋아. 그럼 오늘도 응원 지대로 함 해보자고."

"하모! 하모!"

후원회 사람들은 오늘 선발이 강동원일 것이라고 철석같이 믿고 있었다. 이렇게 중요한 경기에 강동원이 아닌 다른 투수는 솔직히 상상조차 되지 않았다.

하지만 선수 명단을 전달 받은 기자석의 표정은 달랐다.

"어랏? 이거 뭐지?"

"뭔데?"

"오늘 해명 선발이…… 강동원이 아닌데?"

누군가의 한마디에 기자석이 술렁거렸다.

"그게 말이 돼?"

"뭐야? 진짜 강동원이 아니잖아?"

해명 고등학교 하면 강동원이고 강동원 하면 해명 고등학교였다. 그런데 4강전 선발이 강동원이 아니라니. 이건 해명 고등학교가 4강전을 포기하겠다는 소리나 다름없었다.

게다가 해명 고등학교 선수 명단에 적힌 선발의 이름은 급이 다른 정우성이었다.

"허, 뭐야. 정우성?"

"왜 강동원을 뺀 거야? 설마 벌써부터 결승전에 대비하는 건가?"

"상대가 서린 고등학교인데 뭔 소리야. 강동원이 나와도 이길 거란 보장이 없는데."

"그렇다는 건…… 강동원의 몸에 뭔가 문제가 생겼다는 소리인데……."

"혹시 부상?"

"그럴지도 모르지. 지난 경기에서 100개 넘게 던졌잖아."

"이러고 있을 때가 아냐. 나 잠깐 해명 더그아웃 좀 갔다 올게."

"나도! 같이 가!"

기자들은 강동원의 부상 여부를 확인하겠다며 부산을 떨었다. 하지만 부산 스포츠의 김상식 기자는 그 소란에 끼어

들지 않았다.

"김 기자, 뭐 해? 안 내려가?"

눈치 빠른 한병수 기자가 김상식을 바라보며 물었다. 해명고등학교 소식통으로 알려진 김상식이 자리를 지킨다는 건 뭔가 알고 있다는 소리나 마찬가지였다.

아니나 다를까.

"한 기자나 가."

김상식이 심각한 얼굴로 말했다. 그러자 한병수가 냉큼 김상식 옆으로 들러붙었다.

"왜? 뭔데? 강동원 심각해? 선수 생활 끝이야?"

"거참, 애한테 할 말이 있고 못 할 말이 있지."

"그러니까 뭔데? 뭐냐고? 나도 좀 알아야지."

"하아…… 별거 아냐. 그냥 지난 경기에서 무리해서 어깨가 좀 뻐근한 것뿐이라고."

김상식이 짜증스럽게 말했다. 가뜩이나 강동원 대신 정우성이 나와서 불안해 죽겠는데 하이에나 같은 한병수가 귀찮게 구니 짜증이 치밀어 올랐다.

하지만 한병수는 포기를 모르는 사내였다.

"왜 그래? 뭣 때문에 이렇게 화가 났는데? 오늘 강동원이 안 나와서 그래?"

"하아, 말도 마. 그 자식, 고작 공 몇 개 던진 걸로 퍼져 버렸다고."

"에이, 그래도 공 몇 개는 아니지. 100개 넘게 던졌잖아."

"그래 놓고 제 녀석이 무슨 제2의 최동원이야? 최동원은 그 정도로는 끄떡도 하지 않았다고."

김상식은 오늘같이 중요한 경기에 강동원이 등판을 포기했다는 사실이 이해가 가지 않았다. 처음에는 몸에 문제가 있나 걱정했지만 김명철 코치의 말에 따르면 그 정도는 아니라고 했다.

'새파랗게 어린 녀석이 벌써부터 몸을 사리다니. 자기는 결승 못 가도 프로 갈 수 있다는 거야 뭐야?'

김상식이 매서운 눈으로 그라운드를 바라봤다. 왠지 강동원이 저 하나 살아보겠다고 등판을 피한 것 같은 느낌이 지워지지가 않았다.

같은 시각, 정우성은 갑자기 살갑게 구는 강동원 때문에 불편한 표정을 짓고 있었다.

"우성아, 컨디션은 어때?"

"괜찮아."

"준결승전인데 부담 안 돼?"

"뭐…… 그냥 그런데?"

"그래, 열심히 해. 뭐 필요한 거 있으면 말하고."

강동원이 정우성의 등을 톡톡 두드렸다. 그러곤 더그아웃으로 돌아가지 않고 저만치 떨어져서 정우성을 바라봤다.

"저 자식 왜 저래?"

정우성이 미간을 찌푸렸다. 평소 친하게 지내기라도 했다면 그러려니 했을 텐데 갑자기 저러니 몸에 두드러기가 날 것 같았다.

'나한테 선발 자리 빼앗겼다고 심통 부리는 거야, 뭐야?'

정우성은 짜증이 났지만 묵묵히 연습 투구를 이어갔다. 정우성의 공은 오늘 포수로서 선발 출장하는 2학년 이진성이 받았다.

펑!

정우성이 내던진 공이 이진성의 미트 속으로 파고들었다.

"나이스 볼!"

이진성이 고개를 끄덕이며 정우성에게 공을 되돌려 주었다. 그 모습을 지켜보며 강동원도 이내 고개를 주억거렸다.

'이번에는 우성이 녀석도 잘되어야 할 텐데.'

고등학교 시절 정우성은 항상 강동원에게 치여 제대로 빛을 보지 못했다.

해명 고등학교가 참가한 전국 대회의 중요한 경기 때마다 박영태 감독은 강동원을 선발로 기용했다.

하지만 강동원이 이렇다 할 활약을 펼치지 못하면서 정우성이 실력을 뽐낼 기회도 사라지고 말았다.

결국 정우성은 프로에 지명을 받지 못하고 대학에 진학했다. 대학에 들어가서도 프로로 가기 위해 노력했지만 끝내 그 꿈을 이루지 못하였다.

대학교 졸업 후 정우성은 프로의 꿈을 포기하고 지도자의 길을 걷고자 했다. 하지만 프로 경력도 없이 지도자 생활을 하기란 결코 녹록치가 않았다.

'저 녀석도 엄청 힘들었을 건데…….'

강동원은 자신만큼이나 힘든 삶을 살았던 정우성에게 조금 미안한 마음이 들었다.

그 당시에는 어쩔 수 없는 선택이었지만 온전치 못한 어깨로 무리해서 공을 던진 결과 여러 사람의 인생에 피해를 준 것 같은 느낌을 지우기 어려웠다.

그래서 강동원은 함께 있는 시간이나마 정우성에게 도움을 주고 싶었다. 그 도움이 정우성이 프로에 가는 데 조금이나마 보탬이 되길 바랐다.

하지만 정우성은 그런 강동원의 행동을 오해하였다.

'하아, 진짜 짜증 나는 녀석이네.'

정우성의 불편한 시선이 강동원에게 날아들었다. 굳이 말을 하진 않았지만 강동원이 그만 나가주길 바라는 눈치였다.

"진성아, 오늘 잘해라."

강동원은 포수 이진성까지 다독거린 뒤 불펜을 나섰다. 그리고 잠시 후.

"진짜 점마 뭔데?"

정우성의 입에서 오랜만에 사투리가 튀어나왔다.

－전국에 계신 야구팬 여러분 안녕하십니까. 지금부터 봉황기 고교 야구 준결승전, 해명 고등학교 대 서린 고등학교, 서린 고등학교 대 해명 고등학교의 경기를 중계하도록 하겠습니다. 저는 캐스터 이우석입니다. 그리고 제 옆에는 손혁수 해설위원께서 나와 계십니다. 손혁수 위원님, 안녕하십니까.

－네, 안녕하십니까.

－봉황기가 시작한 지 얼마 되지 않은 것 같은데 벌써 끝을 향해 가고 있습니다.

－네, 그렇습니다. 앞선 4강전에서 서울의 강호 덕선 고등학교가 광일 고등학교를 누르고 결승에 올라가지 않았습니까?

－오늘 경기의 승자가 덕선 고등학교와 우승을 다투게 될 텐데요.

－그렇습니다. 해명 고등학교와 서린 고등학교, 두 팀 모

두 오랜만에 전국 대회 4강에 진출한 만큼 아마 재미있는 경기를 펼쳐줄 것이라 기대하고 있습니다.

-그런데 조금 전 선수 명단이 올라왔는데, 해명 고등학교의 선발이 에이스 강동원 선수가 아니라, 정우성 선수로 등록되어 있습니다.

-네, 맞습니다. 강동원 선수에게 가려지긴 했지만 정우성 선수도 좋은 투수죠. 해명 고등학교의 제2선발입니다. 이번 봉황기에서도 두 경기 선발로 나와서 좋은 피칭을 선보였습니다.

-정우성 선수를 잘 모르는 시청자들을 위해 조금 더 설명해 주신다면요?

-일단 좌완 투수입니다. 직구 스피드는 140대 초반이고 수준급 슬라이더와 체인지업을 구사하고 있습니다.

-그렇군요. 이에 맞서는 서린 고등학교의 선발은 역시 고우민 선수입니다. 고우민 선수는 어떤 선수죠?

-우완 사이드암 투수입니다. 직구 스피드는 140 중반까지 나오고 커브와 싱커를 주로 사용하는 투수입니다.

-서린 고등학교의 에이스 카드인데요.

-네, 맞습니다. 이번 대회에서 3번째 선발로 나왔습니다. 평균 이상의 직구 스피드에 사이드암 특유의 무브먼트가 인상적인 투수입니다.

−한마디로 공끝이 무척이나 지저분하다는 말씀이시죠?

−하하, 그렇습니다. 그래서 서린의 김병현으로 불리고 있습니다.

−서린 고등학교는 전통적으로 타격이 강한 팀으로 알려져 있습니다. 이번 대회도 마찬가지인데요. 클린업·트리오의 장타력은 그야말로 무시무시할 정도입니다. 이번 봉황기에서도 어김없이 그 위력을 발휘 중인데요.

−네, 그렇습니다. 이번 봉황기 대회를 치르면서 3, 4, 5번 세 명의 타자가 홈런 10개를 때려냈을 정도니까요. 오늘 해명 고등학교가 승리하려면 이 세 명의 선수를 잘 막을 필요가 있습니다.

−반면 해명 고등학교는 특출한 강타자는 없지만 기동력이 좋은 팀이죠?

−솔직히 말씀드리자면 타격보다는 마운드가 두터운 곳이죠.

−그렇습니다. 에이스 강동원 선수를 필두로 실력 있는 투수를 많이 보유하고 있습니다. 하지만 이번 준결승전에는 에이스 강동원 선수가 경기에 나서지 못하고 있는데요. 그 점에 대해 손혁수 위원께서는 어떻게 보십니까?

−일단 해명 고등학교에서는 선수 보호 차원이라고도 말을 하는데요. 어쩌면 강동원 선수의 어깨에 문제가 있는 것

은 아닐까 걱정이 됩니다.

－강동원 선수의 어깨가 말입니까?

－네, 단순히 제 예상입니다만 이번 봉황기에 등판이 잦았으니까요. 지난 경기에서도 100개가 넘는 공을 던졌고요. 확실히 무리한 감이 없지 않다고 생각하고 있습니다.

－그렇군요. 하지만 해명 고등학교가 결승전에 진출한다면 강동원 선수가 충분히 휴식을 취한 채로 마운드에 오를수도 있을 텐데요.

－오늘 경기에서 승리하는 게 먼저겠죠.

－결국 정우성 선수가 강호 서린 고등학교를 상대로 얼마나 버텨주느냐는 것이 관건이겠군요.

－아마도 그럴 것 같습니다.

－좋은 말씀 감사합니다. 그럼 지금부터 서린 고등학교의 1회 초 공격을 시작하도록 하겠습니다.

아나운서의 멘트와 함께 중계 카메라가 등번호 15번의 선수를 담았다. 15번 위에는 정우성이라는 이름이 또렷하게 박혀 있었다.

오늘 경기에 선발로 나서는 해명 고등학교의 배터리는 정우성과 2학년 포수 이진성이었다.

본래 해명 고등학교의 주전포수는 한문혁이었지만 강동원이 선발 등판하지 않은 경우에는 출전하지 않았다. 약한 팀

타선을 위해 박영태 감독이 고민 끝에 내린 결정이었다.

다행히 한문혁도 박영태 감독의 결정에 큰 불만을 갖지 않았다. 팀을 위한 선택이기도 했지만 에이스인 강동원의 전담 포수는 여전히 자신이었기 때문이다.

"진성이 점마, 오늘 잘해야 할 긴데."

느긋하게 이온 음료를 마시며 한문혁이 잔소리에 발동을 걸었다.

"누가 누굴 걱정하냐? 진성이가 너보다 잘해, 인마."

강동원이 피식 웃었다. 그러자 한문혁이 도끼눈을 뜨고 강동원에게 다가왔다.

"그래서 뭔데?"

"뭐가?"

"와? 니 전담 포수도 진성이로 바까주까?"

"정말? 그럼 나야 좋고."

"와! 이 치사한 새끼. 니 진짜 이럴 기가?"

"농담이야, 농담. 그러니까 괜히 진성이 부담 주지 말고 이리 앉아."

강동원이 억지로 한문혁을 끌어다 앉혔다. 그러자 한문혁이 언제 그랬냐는 듯 강동원의 옆에 바짝 붙어 앉았다.

"근데 오늘 이길 수 있을까?"

한문혁이 그라운드로 눈을 돌리며 물었다.

"글쎄. 이겼으면 좋겠는데."

강동원이 나직이 중얼거렸다. 자신을 대신해 정우성이 선발로 나선 게 경기 결과에 어떤 영향을 미칠지는 조금 더 지켜봐야 할 것 같았다.

⑧

"영수야."

서린 고등학교 조영민 감독이 타석으로 걸어가려던 이영수를 불러 세웠다.

"네, 감독님."

"아까도 말했지만 우성이 저 녀석은 새가슴이야. 정면 승부보다는 유인구로 승부를 보려고 할 거야. 그러니까 아무 공이나 막치지 말고 좋은 공을 기다려. 확실하게 스트라이크로 들어오는 공이 아니면 건들지도 말라고. 알겠어?"

"넵! 알겠습니다."

이영수는 고개를 끄덕인 후 타석에 섰다. 그러자 심판이 기다렸다는 듯 경기 시작을 알렸다.

"점마 잘 치는데……."

이영수를 바라보며 한문혁이 걱정스러운 표정을 지었다.

"잘 치지."

강동원도 묵묵히 고개를 끄덕였다. 장타력은 없지만 공을 맞히는 재주는 타고나서 프로에 가서도 제 몫을 다하던 선수였다.

"진성아! 마! 단디 해라! 알았제!"

한문혁이 참지 못하고 이진성에게 소리쳤다. 발 빠른 이영수를 루상에 내보냈다간 정우성이 경기 초반부터 위기에 몰릴 가능성이 높았다.

퍼엉!

다행히도 정우성이 초구에 내던진 패스트볼은 이영수의 몸 쪽 코스를 날카롭게 파고들었다.

"스트라이크!"

구심이 망설임 없이 오른팔을 들어 올렸다.

"그렇지!"

한문혁도 힘껏 제 무릎을 때렸다.

"봤제? 내가 시키는 대로 하니까 스트라이크라 앙 카나!"

한문혁이 마치 제가 리드하기라도 한 것처럼 호들갑을 떨었다.

"그래, 너 잘났다."

강동원은 피식 웃었다. 그러고는 의외라는 얼굴로 정우성을 바라봤다.

'우성이가 웬일이지? 몸 쪽 공을 다 던지고?'

정우성은 본래 몸 쪽 승부를 거의 하지 않았다. 가끔씩 보여주기식 패스트볼을 던지긴 했지만 지금처럼 몸 쪽 패스트볼로 스트라이크를 잡는 경우는 극히 드물었다.

그런데 오늘은 초구부터 과감하게 몸 쪽 승부를 벌이고 있었다.

'컨디션이 좋은 거야? 아니면 실수로 말려 들어간 거야?'

강동원이 기대 어린 눈으로 정우성을 바라봤다. 정우성이 정말로 투구 스타일을 바꾼 것이라면 그 자체만으로도 한 단계 성장할 계기를 마련한 것이나 다름없었다.

하지만 정우성의 2구와 3구는 어김없이 바깥쪽으로 흘러 나갔다. 4구째 볼이 다시 몸 쪽에 붙긴 했지만 어깨 높이의 하이 패스트볼. 덕분에 볼카운트는 원 스트라이크 쓰리 볼까지 몰리고 말았다.

"진성이 점마, 뭐하는데!"

한문혁도 옆에서 엉덩이를 들썩거렸다. 발 빠른 이영수를 1루로 내보내서는 절대 안 된다고 코치들이 신신당부를 했는데 연속해서 볼만 세 개를 던지고 있으니 속이 타는 모양이었다.

"진정해. 설마 볼넷 주려고."

강동원이 한문혁을 달랬다. 정우성이 제구력은 좋은 만큼 이대로 허무하게 사사구를 내주지는 않을 것이라 여겼다.

그러나 한참 만에 정우성의 손을 빠져나간 공은 바깥쪽 먼 코스를 지나쳐 버렸다.

　"볼!"

　구심이 단호하게 볼을 선언했다. 그러자 이영수가 씩 웃으며 1루를 향해 걸어 나갔다.

　"하아, 젠장할."

　마운드에 선 정우성이 짜증스럽게 중얼거렸다. 그러다 강동원과 눈이 마주치자 질근 입술을 깨물더니 마운드에 침을 내뱉었다.

　그 모습을 지켜보던 한문혁이 짜증스런 표정을 지었다.

　"점마는 또 뭔데? 볼질은 지가 해놓고 와 니한테 저러는데?"

　한문혁은 정우성이 괜히 강동원에게 골을 낸다고 생각했다. 그러다 정우성을 빤히 바라보고 있는 강동원을 발견하고는 다시 미간을 찌푸렸다.

　"어이, 니는 뭐하는데? 가뜩이나 볼질해서 짜증나는 아를 와 그리 노려보는데?"

　"어? 내가 노려봤어?"

　"그럼? 그게 노려보는 게 아니고 뭔데?"

　"그냥…… 뭐 좀 생각하느라."

　강동원은 말을 얼버무렸다. 그렇다고 정우성의 사사구를

보는 순간 과거 봉황기를 말아먹었던 기억이 떠올랐다고 고백할 수는 없는 노릇이었다.

'그건 그렇고 똑같네, 그때나 지금이나.'

과거 봉황기 준결승전에서도 강동원은 선두 타자 이영수에게 사사구를 내줬다. 초구에 패스트볼로 스트라이크를 잡긴 했지만 이후 공 4개가 연속으로 빠지면서 경기 초반 위기를 자초했었다.

그런데 자신을 대신해 마운드에 오른 정우성이 자신과 똑같은 패턴으로 이영수를 1루에 내보내 버렸다.

'설마 투수가 바뀌어도 경기 결과는 전혀 달라지지 않는 것인가?'

강동원은 자신도 모르게 엄지를 입에 물었다. 때마침 한문혁이 손을 때려줬으니 망정이지 하마터면 잘 다듬은 엄지손톱을 물어뜯을 뻔했다.

"마, 정신 차리라!"

"아, 미안."

"인마, 요즘 와 이라지? 안 하던 짓을 자주 하고. 니……혹시 어디 아프나?"

"아니야, 그런 거."

"니, 나한테 숨기는 거 없제?"

"그래, 없어."

"이 문디 자슥아, 단디 말해라. 만약에 뭐 숨기는 거 있으면 내 진짜 꽉 쥑이쁜다. 알았나!"

한문혁이 강동원의 옆에서 단단히 으름장을 놓았다. 어지간해서는 아프다는 소리 한 번 하지 않았던 강동원이 스스로 준결승전을 포기한 만큼 이번 기회에 철저하게 강동원을 보살필 생각이었다.

그러나 지금은 뭔가 달라진 강동원에 신경 쓸 때가 아니었다.

따악!

날카로운 방망이 소리와 함께 타구가 3유간을 꿰뚫었다. 2번 타자 조민우가 가운데로 몰린 정우성의 슬라이더를 힘껏 받아친 것이다.

"와, 마. 진짜 미치겠네. 점마들 지금 뭐하는데?"

순식간에 무사 1, 3루 상황이 이어지자 한문혁의 얼굴이 벌겋게 달아올랐다.

강동원의 표정도 굳어졌다. 첫 타자에게 사사구를 내준 것도, 두 번째 타자에게 몰린 공을 얻어맞은 것도 과거와 똑같았기 때문이다.

'내 기억이 틀리지 않다면 병살타를 유도해서 한숨 돌렸었는데…….'

강동원은 숨을 죽였다. 그리고 타석 쪽으로 눈을 돌렸다.

타석에는 서린 고등학교가 자랑하는 클린업 트리오의 시작인 3번 타자 김성윤이 거들먹거리며 서 있었다.

"하아, 산 너머 산이네."

한문혁이 불안한 얼굴로 중얼거렸다.

지난 경기까지 김성윤은 13개의 안타와 홈런 3개를 때려 냈다. 장타력도 좋지만 득점권 찬스에서 좀처럼 범타로 물러나는 법이 없었다.

이 김성윤을 상대로 강동원은 이를 악물고 포심 패스트볼 승부를 벌였다.

제구가 잘 안 되는 커브를 던지다 큰 걸 얻어맞느니 어떻게든 김성윤을 잡아내야 한다는 생각이 앞섰다.

다행히 강동원의 승부수는 통했다. 투 스트라이크 원 볼 상황에서 김성윤이 몸 쪽 포심 패스트볼을 잡아당겼는데 타구가 3루수 정면으로 날아든 것이다.

덕분에 5-4-3으로 이어지는 더블플레이가 완성됐다.

만약 그때 김성윤을 병살타로 잡아내지 못했다면?

아마 5실점에서 끝나지 않았을 것이다.

'어떻게든 위기를 넘겨야 하는데…….'

강동원은 정우성이 김성윤을 잘 넘기길 바랐다. 위기에만 몰리면 도망치기 바쁜 정우성의 성격상 쉽지 않겠지만 정말 과거가 반복된다면 정우성의 유인구에 김성윤의 방망이가 따라 나오길 바랐다.

펑!

정우성이 몸 쪽으로 던진 슬라이더가 홈 플레이트를 스치고 지났다.

"스트라이크."

구심이 군말 없이 오른팔을 들어 올렸다.

펑!

2구째 내던진 바깥쪽 패스트볼은 너무 낮았다. 스트라이크라 여긴 김성윤이 움찔했지만 구심은 단호하게 볼을 외쳤다.

펑!

원 스트라이크 원 볼 상황에서 던진 정우성의 3구 체인지업은 기가 막히게 제구가 됐다. 정우성의 인생에서 저렇게 완벽에 가까운 체인지업을 또 던졌었나 싶을 정도였다.

당연히 구심의 판정은 스트라이크.

"크윽."

궁지에 몰린 김성윤이 질근 입술을 깨물었다.

그렇게 문제의 투 스트라이크 원 볼 상황이 찾아왔다.

"와, 이거 진짜 살 떨리네."

한문혁이 손에 들고 있던 이온 음료를 벌컥벌컥 들이켰다. 그것만으로는 갈증이 차지 않는지 강동원의 음료까지 빼앗아서 단숨에 비워 버렸다.

무사 1, 3루 위기다. 여기서 김성윤을 잡느냐 그렇지 못하느냐에 따라 경기 결과는 완전히 달라질 수밖에 없었다.

긴장되는 건 강동원도 마찬가지였다. 투수와 포수가 바뀌면서 볼 배합이 달라졌지만 볼카운트와 타석의 결과만큼은 정확하게 맞아떨어지고 있었다.

'이 상황에서 우성이가 던질 수 있는 건 슬라이더밖에 없는데…….'

강동원은 정우성이 위기를 벗어나기 위해 바깥쪽 슬라이더를 던질 것이라 예상했다. 볼카운트가 몰린 만큼 김성윤도 정우성의 슬라이더를 그냥 넘기지는 못할 것이라고 판단했다.

하지만 정작 정우성이 던진 건 몸 쪽 체인지업이었다.

'위험해!'

강동원이 자리에서 벌떡 일어났다. 그의 감각은 정우성이 잘못된 선택을 했다고 말해주고 있었다.

'걸렸다!'

김성윤도 체인지업이 들어오자 망설이지 않고 방망이를 내돌렸다. 그런데 떨어져야 할 공이 슬라이더 같이 휘어져 나가면서 생각지도 못한 결과가 만들어졌다.

따악!

방망이 끝 부분에 걸린 타구가 3루수 정면으로 굴러갔다. 타구를 잡은 3루수는 3루 주자를 포기한 채 곧장 2루로 공을 던졌다. 그리고 그 공이 다시 1루로 이어졌다.

5-4-3으로 이어지는 더블플레이.

"그렇지!"

한문혁이 그라운드를 향해 크게 소리쳤다. 비록 한 점을 내주긴 했지만 아웃 카운트 두 개를 잡아내며 루상의 주자들이 순식간에 사라져 버렸다.

"후우……."

강동원도 이내 안도의 한숨을 내쉬었다. 가끔씩 실투도 도움이 된다더니 이렇게 일이 풀릴 줄은 솔직히 예상하지 못했다.

하지만 한편으로는 무섭다는 생각도 들었다.

'어떻게 되든 과거의 연속이라 이건가? 아니지, 아니야. 내가 출전한 게 아니잖아? 그렇다면 뭐야? 노력하면 인생을 바꿀 수 있는 게 아니야? 결국 선택의 문제란 거야?'

강동원의 얼굴이 복잡하게 변했다. 그러자 옆에 앉아 있던 한문혁이 툭 하고 팔꿈치로 건드렸다.

"와, 점마 때문에 그러나?"

한문혁이 타석 쪽을 가리키며 말했다.

4번 타자 박경호.

고교 야구계에서는 제2의 박병오라 불리는 초고교급 타자였다. 벌써부터 프로에서 서로 데려가려고 스카우트 전쟁이 벌어지고 있는 녀석이기도 했다.

준결승까지 올라오는 동안 박경호가 때린 홈런만 5개였다. 언론에서는 서린 고등학교가 우승할 경우 MVP는 떼 놓은 당상이라는 말까지 나돌고 있었다.

'저 녀석……'

박경호를 향한 강동원의 눈매도 차갑게 굳었다. 과거 박경호에게 홈런을 내준 기억이 머릿속을 스쳐 지난 것이다.

과거 선수 생활을 하면서 강동원은 100여 개에 가까운 홈런을 내줬다.

하지만 모든 피홈런 장면을 전부 기억하진 않았다. 특별히 짜증 나는 상황에서 얻어맞은 피홈런만 머릿속에 각인될 뿐이었다.

박경호의 경우도 그러했다. 더블플레이를 유도해 한숨 돌린 상황에서 자신의 주 무기인 커브를 던졌는데 그걸 박경호가 잡아당겨서 전광판 상단을 직격해 버렸다.

그때 그 홈런을 생각하면 강동원은 지금도 자다가 이불을 걷어찰 정도였다.

"우성아! 밟아버려!"

강동원이 있는 힘껏 소리쳤다. 그러자 한문혁이 헛소리 말라며 강동원을 잡아당겼다.

"마! 니 미쳤나?"

"뭐가?"

"지금 이 상황에서 그게 할 소리가? 박경호다, 박경호! 홈런왕 박경호! 근데 승부하자는 게 지금 말이 되는 소리가!"

한문혁이 정우성의 대변인이라도 된 것처럼 흥분했다. 가뜩이나 초반에 흔들리는 상황에서 타격감 좋은 박경호를 상대로 정면 승부는 위험하다는 이야기였다.

"니도 투수면 좀 생각을 해라, 생각을. 이 상황이면 당연히 어렵게 승부해야지. 유인구 위주로. 니는 에이스라는 게 그것도 모르나?"

한문혁은 강동원이 경기 흐름을 읽지 못하고 있다며 잔소리를 아끼지 않았다.

그러나 강동원은 그걸 한 귀로 전부 흘려버렸다.

'나도 네 말 듣고 어렵게 승부했다가 홈런 맞았거든?'

박경호는 그저 홈런만 잘 때려내는 선수가 아니었다. 장타력과 선구안 게다가 정확도까지 두루 갖춘 선수였다.

강동원이 아직까지 박경호와의 승부를 잊지 못하는 건 단순히 초대형 홈런을 얻어맞아서가 아니었다. 그때 승부 자체가 구질구질했기 때문이다.

박경호를 걸러도 좋다는 생각으로 초구에 던진 공은 몸 쪽 높은 공, 2구는 바깥쪽으로 도망치는 커브였다.

그런데 박경호가 이 두 개의 공에 전부 스윙을 해버렸다. 마치 강동원과 한문혁이 도망치려는 걸 눈치채기라도 한 것처럼 말이다.

투 볼 상황이라면 강동원도 반쯤 체념하고 사사구를 내줬을 것이다. 하지만 투 스트라이크 상황에서 박경호를 거른다는 건 내심 자존심이 상했다.

'두 개만 더 유인해 보고 안 되면 승부를 걸어보자.'

강동원은 애써 마음을 다잡고 3구째 바깥쪽 체인지업을 던졌다. 그리고 박경호는 그걸 또 걷어냈다. 마치 강동원이 던지는 공은 전부 받아치겠다는 것처럼 말이다.

살짝 열이 받은 강동원은 몸 쪽으로 커브볼을 내던졌다. 한문혁의 요구만큼 완전히 빼지는 않았지만 스트라이크와 볼의 경계에 있는, 아슬아슬한 공이었다.

그런데 그걸 박경호가 잡아당겨서 전광판을 맞췄다. 덕분에 그날 이후로 강동원은 몸 쪽 커브에 대한 자신감이 반 토막이 나버렸다.

강동원은 정우성도 자신처럼 트라우마가 생기길 원치 않았다.

어차피 과거가 바뀌지 않는다면, 그래서 박경호에게 홈런을 얻어맞아야 한다면 차라리 제대로 던져서 얻어맞는 편이 백 번 낫다고 여겼다.

'너 오늘 슬라이더 괜찮아! 그걸 적극적으로 써. 괜히 볼카운트 몰려서 한복판으로 집어넣다 얻어맞지 말고!'

강동원이 뜨거운 눈으로 정우성을 바라봤다. 하지만 정우성은 그런 강동원의 눈빛을 제대로 읽지 못했다.

게다가 해명 고등학교 코칭스태프도 정우성이 박경호와 승부하는 걸 원치 않았다.

"점마, 거르는 게 좋겠지?"

"그게 낫지 않겠습니꺼."

"제 생각도 같습니더."

박영태 감독과 두 코치는 더 이상 추가 실점을 내줬다간 경기가 어려워질 수 있다고 판단했다. 그래서 이진성에게 걸러도 좋다는 사인을 냈다.

'그래, 지금 정면 승부는 무의미해.'

사인을 확인한 포수 이진성도 고개를 끄덕였다. 정우성을 위해서라도 이번 승부는 피하는 게 나아 보였다.

하지만 정우성의 생각은 달랐다.

'시팔, 주자도 없는데 왜 자꾸 거르자고 난리야!'

정우성은 자존심이 팍 상했다. 주자가 있으면 그 핑계라도 대겠지만 더블플레이로 인해 루상의 주자가 깨끗이 사라진 상태였다.

이 상황에서 박경호에게 언어맞아 봐야 한 점뿐이었다. 그런데 무턱대고 거르라니. 정우성은 벤치의 의도가 도저히 이해가 가지 않았다.

'오늘 슬라이더는 괜찮아. 직구가 좀 몰리긴 하지만 충분히 상대할 수 있다고.'

정우성이 질근 입술을 깨물었다. 그런 줄도 모르고 이진성은 바깥쪽으로 벗어나는 슬라이더를 요구했다.

박경호가 방망이를 내밀어 건드려 주면 고마울 만한 코스로 말이다.

'그런 공으로 박경호를 잡을 수가 없잖아!'

정우성이 있는 힘껏 공을 내던졌다.

후앗!

정우성의 손을 빠져나간 공이 우타자의 바깥쪽에서 스트라이크존을 파고들 듯 날아갔다.

'젠장!'

정우성의 공이 스트라이크존을 파고들 것처럼 보이자 이진성이 급해졌다. 평소보다 팔을 더 뻗어서 박경호가 때리기 전에 먼저 공을 포구하려 들었다.

하지만 안타깝게도 박경호의 반응이 더 빨랐다.

따악!

박경호가 힘껏 휘두른 방망이에 공이 제대로 걸려들었다.

스위트스폿을 살짝 벗어났지만 힘으로 밀어서 우측 담장을 넘겨 버렸다.

"하아, 젠장할."

초구에 홈런을 허용한 정우성이 고개를 떨어뜨렸다. 한 방 제대로 얻어맞고 보니 박경호에 대한 두려움이 뼈저리게 느껴진 것이다.

"으이그, 저 문디 자슥."

그런 정우성을 바라보며 한문혁이 끌끌 혀를 찼다. 다른 선수들도 벌써부터 졌다는 표정을 짓고 있었다.

그러나 강동원은 정우성을 비난하고 싶지 않았다.

'잘했어, 인마. 기죽지 마.'

예전 같았다면 가장 먼저 미간을 찌푸렸겠지만 강동원은 속으로 격려의 박수를 보냈다. 그 응원이 통한 것일까.

따악.

정우성이 박경호만큼이나 까다로운 5번 타자 송진한을 3루 땅볼로 잡아냈다.

"잘했어."

강동원은 자리에서 일어나 더그아웃으로 돌아오는 정우성을 반겼다. 정우성이 굳은 얼굴로 강동원을 피하려 했지만 강동원은 끝까지 따라가서 엉덩이를 두드려 주었다.

그러나 정우성은 평소와는 다른 강동원의 독려에 짜증만

났다.

"경기 끝날 때까지 건드리지 마."

정우성이 한마디 쏘아붙이고는 강동원과 멀찍이 떨어져 앉았다. 뒤이어 이진성이 멋쩍게 웃으며 정우성의 옆에 주저 앉았다.

"쟘마 뭔데?"

한문혁이 어이없다는 눈으로 정우성을 쏘아봤다. 홈런을 얻어맞아 기분 나쁜 건 알겠지만 강동원에게 아니꼽게 구는 건 참을 수가 없었다.

그러자 강동원이 괜찮다며 한문혁을 잡아 앉혔다.

"됐어, 인마."

"되긴 뭐가 되는데? 니는 밸도 없나?"

"1회 초부터 두 점이나 내줬는데 너 같으면 기분 좋겠냐? 신경 꺼. 나라도 저랬을 테니까."

농담이 아니라 강동원도 과거 2점을 내주고 더그아웃에 돌아와서 정우성에게 신경질을 냈다. 그저 자신을 불만스럽게 바라봤다는 이유에서였다.

그땐 눈에 들어오는 모든 게 시빗거리였다. 심지어 한문혁의 위로조차 짜증스럽기만 했다.

돌이켜 보니 고등학교 3학년 내내 그랬던 것 같았다. 어깨 때문에 구위는 점점 떨어지는데 기대치는 높아지니 그 부담

감을 다른 사람들에게 짜증 내고 남 탓하는 걸로 풀었던 것 같았다.

"후우……."

강동원이 길게 한숨을 내쉬었다. 불현듯 이 시절로 돌아오길 잘했다는 생각이 들었다.

그사이 1번 타자 최영기가 타석에 들어섰다.

"영기야! 한 방 날리뿌라!"

더그아웃에서는 그 누구보다 열정적인 한문혁이 난간까지 나가 소리쳤다. 2 대 0으로 뒤진 상황이었다. 선두 타자가 나가느냐 그렇지 못하느냐에 따라 경기 초반 분위기가 결정될 터였다.

따악!

최영기도 이를 악물고 서린 고등학교 선발 고우민의 몸 쪽 직구를 힘껏 받아쳤다. 하지만 타구의 코스가 좋지 않았다. 선상 수비를 하고 있던 3루수 김희근의 정면으로 날아간 것이다.

3루수 라인드라이브 아웃.

"와 하필 거기 서 있는데!"

한문혁의 입에서 절로 짜증이 터져 나왔다.

하마터면 장타를 얻어맞을 뻔한 고우민은 제법 오랫동안 호흡을 고르며 마음을 다잡았다.

그리고 2번 타자 조상우와 3번 타자 곽영철을 내야 땅볼로
유도하고 이닝을 마쳤다.

'제법이야.'

세 타자를 가볍게 처리하고 마운드를 내려가는 고우민을
바라보며 강동원이 쓴웃음을 지었다. 최영기에게 실투를 얻
어맞고 흔들릴 만도 했는데 조상우와 곽영철을 깔끔하게 범
타로 돌려세우는 걸 보니 과연 서린의 에이스다웠다.

"와, 미치겠네. 이러다 우리 한 점도 못 뽑는 거 아이가?"

고우민이 생각 이상으로 잘 던지자 한문혁이 호들갑을 떨
어댔다.

덩달아 코칭스태프의 표정도 어두워졌다. 강동원의 등판
이 불발되면서 쉽지 않은 경기가 될 것이라 각오하긴 했지만
마운드의 높이 차이가 예상보다 컸다.

하지만 강동원은 달관하듯 경기를 지켜봤다.

'원래 5회까진 퍼펙트였으니까.'

이후의 경기는 강동원의 기억대로 흘러갔다. 정우성은
2회를 잘 넘겼지만 3회와 4회, 5회에 한 점씩을 추가로 내주
며 5실점으로 경기를 마쳤다.

반면 고우민은 5이닝을 2피안타 무실점으로 틀어막으며
잔뜩 기세를 올렸다.

정우성에 이어 안혁민이 마운드에 오르자 서린 고등학교

는 추가점을 낼 절호의 기회라며 의욕을 불태웠다. 그러나 그 성급함이 오히려 제구가 불안했던 안혁민을 도와줬다.

땅볼, 땅볼 그리고 또 땅볼.

안혁민의 바깥쪽으로 도망가는 공을 타자들이 전부 잡아당겨 준 덕분에 해명 고등학교는 오늘 경기 처음으로 10분 만에 수비를 끝마칠 수 있었다.

"언제까지 끌려 다닐 건데? 5 대 0이 머꼬! 5 대 0이!"

공수 교대 시간을 이용해 타격 코치 김명철이 선수들을 닦달했다.

보는 눈도 많으니 어지간해서는 그냥 넘어가려 했지만 타자들이 고우민의 공을 좀처럼 공략하지 못하니 속이 터져 버린 것이다.

강동원도 세 번째로 타석에 들어서는 최영기 쪽으로 다가갔다. 그리고 고우민의 구위가 떨어질 시점이 왔으니 최대한 많은 공을 커트해 보라고 제안했다.

"고우민은 너한테 직구 쉽게 못 던져. 분명 변화구로 잡아내려고 할 거야. 그러니까 걸러 나가지 말고 전부 걷어내 버려."

"내보고 용규 행님 놀이를 하라꼬?"

"이용규 선수가 언제부터 네 형님이 됐는지는 몰라도 가능하면 해봐."

"그기야 어렵지는 않은데……."

"그러다 보면 쟤도 짜증 나서 패스트볼 던질 거다. 넌 그 거 때려서 나가."

"그래? 그거 확실하지?"

"1회부터 고우민의 투구를 분석한 결과다. 네가 나가줘야 팀이 살지. 안 그래?"

강동원은 김명철 코치가 다가오자 냉큼 말을 끊고 제자리 로 돌아왔다.

아무리 에이스라 하더라도 타격 코치가 있는데 선수들의 타격에 대해 이래라저래라 떠들 수는 없는 노릇이었다.

"동원이가 뭐라카드나?"

"아, 예. 잘 좀 하라꼬……."

"마, 그러니까 좀 쳐 봐라. 우리 팀에서 니가 젤로 타율이 높다 아이가."

김명철 코치의 잔소리가 끝날 때쯤 선두 타자 고준용이 삼 진으로 물러났다. 뒤이어 9번 타자 박인호도 평범한 내야 플 라이를 때리고는 고개를 숙인 채 더그아웃으로 발걸음을 돌 렸다.

투 아웃.

전광판에 붉은색 불이 두 개나 들어온 상황에서 최영기가 타석에 들어섰다.

앞선 두 타석은 3루 직선타 그리고 좌익수 파울플라이 아웃.

두 번 다 아웃을 잡아내긴 했지만 고우민의 얼굴에는 불편함이 가득했다. 구종에 상관없이 공을 잘 쫓아오는 최영기를 까다롭게 느낀 것이다.

'유인구로 잡아내자.'

고우민은 특유의 변화구 제구를 앞세워 구석구석 공을 찔러 넣었다.

최영기가 치고 죽어도 좋고 삼진으로 죽어도 좋았다. 그저 더 피곤해지기 전에 최영기를 잡아내고 싶었다.

하지만 최영기는 고우민의 유인구를 전부 커트해 내며 승부를 길게 끌고 갔다.

볼, 파울, 파울, 볼, 파울, 파울, 파울, 볼, 파울.

9구째 던진 회심의 슬라이더마저 최영기가 아무렇지도 않게 걷어내자 고영민의 얼굴이 벌겋게 달아올랐다.

'저 자식, 일부러 저러는 거잖아!'

씩씩거리던 고우민이 더는 참지 못하고 한복판으로 패스트볼을 내던졌다. 타자가 때린다고 전부 안타가 되는 건 아닌 만큼 기습적으로 들어오는 패스트볼에 최영기의 방망이가 밀릴지도 모른다고 기대했다.

그러나 처음부터 패스트볼 하나만 노리고 있던 최영기는

기다렸다는 듯이 방망이를 내돌렸다.

따앙!

경쾌한 타격음과 함께 타구가 좌익수와 중견수 사이를 꿰뚫었다. 발 빠른 최영기는 1루와 2루를 지나 3루까지 내달렸다. 공을 받은 2루수 조민우가 재빨리 3루로 공을 던져 봤지만 최영기의 손이 먼저 3루 베이스에 닿았다.

"크아아! 영기야야!"

"마! 싸랑한데이!"

지칠 대로 지쳐 있던 해명 고등학교 응원석이 들썩거렸다. 해명 고등학교 더그아웃도 모처럼 찾아온 기회에 정신을 차리지 못했다.

"동원아! 동원아! 한 점 들어온다! 한 점 들어온다꼬!"

한문혁도 옆에서 호들갑을 떨어댔다.

하지만 강동원은 침착함을 유지했다. 이 절호의 찬스가 무산된다는 걸 알고 있기 때문이었다.

물론 최영기의 3루타로 인해 지금까지 잘 던져 왔던 고우민이 흔들리기 시작했다. 2사이긴 해도 주자가 3루에 있다 보니 쉽게 승부를 걸지 못했다.

그 결과 2번 타자 조상우가 사사구로 1루에 걸어 나갔다. 3번 타자 곽영철도 풀카운트 접전까지 고우민을 괴롭혔다.

'김재신까지 갈 수는 없어!'

어떻게든 4번 타자 김재신을 피해보겠다며 고우민이 바깥쪽으로 슬라이더를 내던졌고 그걸 구심이 잡아주면서 길었던 6회 말 공격이 끝났지만 마운드를 내려가는 고우민의 표정은 썩 편해 보이지 않았다.

'이래서 고우민도 무너져 내렸지.'

강동원은 쓴웃음을 지었다. 상대 팀이긴 하지만 같은 투수가 마운드에서 무너지는 모습을 지켜본다는 건 썩 유쾌한 일이 아니었다.

수비가 길어졌던 탓인지 7회 초 서린 고등학교의 공격은 삼자범퇴로 끝이 났다. 그리고 곧바로 7회 말 해명 고등학교의 공격이 이어졌다.

선두 타자는 4번 타자 김재신.

김재신은 첫 번째 몸 쪽 공을 스트라이크로 보내고 2구째 바깥쪽 낮은 공을 강하게 쳤다.

하지만 타구는 홈 플레이트를 강하게 때리고 높게 치솟았다. 고우민이 좋은 공을 주지 않을 거라고 여기고 칠 만한 공을 때려봤는데 하필 공이 방망이 밑동에 맞고 만 것이다.

그런데 바운드 된 타구가 마운드와 2루 베이스 사이로 떨어지면서 행운이 따랐다. 고우민과 유격수 강한영의 동선이 겹치면서 내야 안타로 이어진 것이다.

"타임!"

서린 고등학교의 포수 김인우는 냉큼 타임을 불렀다. 그리고 마운드로 달려가 고우민을 달랬다.

"괜찮아. 그냥 운이 나쁜 거야. 공은 좋았어."

"후우, 나도 알아."

고우민이 애써 담담한 척 굴었다. 그러나 그의 얼굴에는 땀이 비 오듯 쏟아지고 있었다.

"조금만 더 힘내자. 알았지?"

애써 고우민을 달래며 김인우는 다시 포수석으로 돌아왔다. 고우민이 지친 것 같아 내심 불안하긴 했지만 뒤를 받쳐 줄 만한 투수가 마땅치 않은 상황에서 중심 타선으로 이어지는 이번 7회는 어떻게든 고우민이 막아줘야 했다.

무사 1루.

타석에 5번 타자 주기하가 들어섰다.

김인우는 바깥쪽으로 빠지는 공을 요구했다. 주기하가 중심 타선이긴 하지만 참을성이 적고 유인구에 잘 속는 만큼 충분히 삼진이나 더블플레이로 유도할 수 있다고 여겼다.

고우민도 고개를 끄덕이고는 김인우의 사인대로 공을 던졌다.

하지만 어디서 무슨 소리를 들었는지 주기하는 공을 그저 지켜만 봤다. 쓰리 볼 상황에서 고우민이 한복판으로 스트라이크를 던졌는데도 마찬가지였다.

뻐엉!

결국 몸 쪽으로 붙여 넣은 5구 패스트볼이 살짝 빠지면서 주기하도 1루로 걸어 나갔다.

무사 1, 2루.

해명 고등학교의 응원석이 다시 들썩거리기 시작했다.

흐르는 땀방울을 닦아낸 뒤 고우민이 제 잘못이라며 포수에게 손을 들어 보였다.

하지만 강동원은 고우민이 실투를 던진 게 아니라는 걸 잘 알고 있었다. 김재신 타석 때부터 고우민의 팔꿈치 각도가 눈에 띄게 낮아졌기 때문이다.

과거의 기억을 떠나 이대로 고우민이 계속해서 마운드에 머문다면 점수를 내줄 수밖에 없는 상황이었다.

하지만 앞선 6회처럼 기회를 날릴까 봐 겁이 난 한문혁은 쓸데없이 타석에 들어서는 이진성을 닦달했다.

"야, 진성아. 니 오늘 안타 없는 거 알제? 이번에도 못 치믄, 3타수 무안타다."

이진성의 입가로 쓴웃음이 번졌다. 자신을 독려하려는 선배의 마음을 모르지는 않지만 그 방식이 썩 달갑지 않았다.

그러자 강동원이 한문혁의 옆구리를 쿡 하고 찔렀다.

"왜 애한테 부담을 주고 그래."

"부담은 무신, 나보다 타격이 좋아서 주전으로 나갔으믄 이번 기회에 자신이 왜 주전이 되었는지 존재감을 드러내야지. 안 그렇냐? 딱 봐라, 타점 올릴 절호의 찬스 아이가."

한문혁이 답답한 듯 말했다. 지금은 어찌되었든 이진성이 안타를 쳐서 점수를 내야 할 찬스였다. 이 기회를 살리지 못하면 해명 고등학교의 추격은 불가능했다.

이진성에게 선발 출전을 빼앗긴 선배이기 이전에 같은 해명 고등학교의 선수로서 한문혁은 이진성이 이 기회를 꼭 살려주길 바랐다. 그래서 해명 고등학교가 결승전에 올라가길 바랐다.

그런 한문혁에게 강동원도 더는 타박을 할 수가 없었다.

'걱정하지 말고 느긋하게 보라고. 이번 이닝에서 3점은 뽑고 갈 거니까.'

강동원은 입안에 맴도는 말을 애써 되삼켰다. 그리고 반격의 드라마가 시작될 그라운드를 향해 눈을 돌렸다.

타석에 선 이진성의 표정은 야무졌다. 반면 고우민은 땀범벅이었다. 포수와 사인을 주고받으며 숨을 고르는 모습조차 안쓰러울 정도였다.

2루와 1루를 곁눈질하며 견제한 뒤 고우민은 크게 숨을 들이켰다. 그리고 포수 미트를 향해 힘껏 공을 던졌다.

팡!

초구는 바깥쪽으로 툭 떨어지는 커브였다. 하지만 제대로 꺾이지 않아 밋밋해 보였다. 자연스럽게 이진성의 두 눈이 반짝거렸다.

'변화구는 버려도 되겠어.'

이진성의 머리가 빠르게 돌아갔다. 자신이라면 투수가 지친 상태에서 어설픈 변화구로 승부하지 않을 것이다. 그렇다면 결국 노릴 공은 패스트볼밖에 없었다.

'자, 들어와라!'

이진성이 방망이를 힘껏 움켜쥐었다. 그러자 고우민이 괜히 2루 쪽으로 몸을 돌려 견제 동작을 취했다. 이대로 공을 던졌다간 이진성에게 얻어맞을 것 같은 생각이 든 것이다.

하지만 그렇다고 해서 이 대결을 영원히 피할 수는 없었다. 서린 고등학교 조영민 감독이 더그아웃에 올라와 공을 받아가지 않는 이상 고우민은 이진성을 상대해야만 했다.

"후우……."

길게 숨을 고른 뒤 고우민이 다시 투수판을 밟았다.

까득.

이진성도 힘껏 방망이를 비틀어 쥐었다.

고우민과 이진성을 번갈아 바라보던 포수 김인우가 조심스럽게 몸 쪽 패스트볼 사인을 냈다. 무사 1, 2루에 원 볼 상황에서 또다시 공을 뺄 수는 없다고 판단한 것이다.

고우민도 이내 고개를 주억거렸다. 그리고 이를 악물고 김인우의 미트를 향해 공을 내던졌다.

후아앗!

고우민의 손끝을 빠져나온 공이 이진성의 몸 쪽으로 붙어 들어왔다. 다소 높긴 했지만 스트라이크존에 아슬아슬하게 걸치는 날카로운 공이었다.

하지만 이진성은 기다렸다는 듯이 방망이를 휘둘렀다.

까앙!

공은 우익수 방향으로 쭉 뻗어 나갔다. 타구가 어찌나 크던지 고우민의 고개가 홱 하고 돌아갈 정도였다.

"아……."

강동원과 한문혁이 자리에서 벌떡 일어났다. 하지만 공은 폴대 바깥으로 살짝 벗어나고 말았다.

"크윽!"

"아오!"

자연스럽게 고우민과 이진성의 표정이 교차했다.

"아, 진성이 쩜마 저걸 잡아당기면 우짜자는데? 저건 그냥 가볍게 딱 하고 때렸어야지!"

한문혁이 타격 자세를 선보이며 아쉬워했다. 그러자 강동원이 헛웃음을 흘렸다.

"진성이 부담스럽게 뭐하는 거야?"

"부담은 무신. 그냥 사실대로 말한 거지."

"호들갑 떨지 말고 앉아. 어차피 진성이가……."

강동원이 '안타를 때려낼 거야'라고 말하려는 순간.

따악!

묵직한 방망이 소리가 울려 퍼졌다. 이진성이 바깥쪽 낮은 코스로 밀려들어 오는 패스트볼을 그대로 밀어서 내야를 꿰뚫어버린 것이다.

죽지 않고 뻗어 나간 타구는 중견수와 우익수 사이를 뚫고 펜스까지 굴러갔다.

"크아아! 2루타!"

"달려! 주기하! 달려!"

해명 고등학교 더그아웃은 그야말로 난리가 났다. 다들 벤치에 앉아 있다가 이진성의 2루타가 터지자 모두 자리에서 일어나 앞으로 나와 소리를 질렀다.

그사이 2루 주자 조상우가 홈을 밟았다. 1루 주자 주기하도 이를 악물고 달렸지만 빠르지 않은 발로 홈까지 들어오는 건 무리였다.

그런데 여기서 의외의 장면이 연출되었다. 우익수 송진한이 주기하의 홈 쇄도를 막기 위해 내던진 공이 포수의 머리 위를 넘겨 버린 것이다.

포수 김인우가 점프해 봤지만 공은 그대로 백네트 쪽으로 굴러갔다. 그 장면을 목격한 강동원과 한문혁이 동시에 소리쳤다.

"야, 주기하, 달려!"

"달리라꼬!"

주기하도 그 공을 목격하고 재빨리 홈으로 내달렸다. 그러자 3루 더그아웃 앞쪽에서 백업 수비를 하고 있던 투수 고우민도 재빨리 공을 잡고 홈으로 힘껏 내던졌다.

홈 플레이트에서 대기하고 있던 포수 김인우는 공을 받자마자 곧바로 블로킹을 시도했다. 주기하도 포수의 움직임을 확인하고 슬라이딩을 시도하며 손을 뻗었다.

촤아—!

홈 플레이트 근처에서 먼지가 일렁거렸다.

심판은 두 눈을 크게 뜨며 상황을 확인했다. 먼지가 코앞까지 피어올랐지만 끝내 고개를 돌리지 않았다.

덩달아 양 팀 더그아웃도 일제히 조용해졌다. 이번 판정에 따라 오늘 경기의 흐름이 달라질 가능성이 높았다.

그렇게 1시간 같은 몇 초가 지났다.

그리고 심판의 양손이 좌우로 빠르게 펼쳐지며 소리쳤다.

"세—잎!"

"크아아아!"

"주기하아아!"

해명 고등학교 응원석이 뜨겁게 달아올랐다. 선수들도 더

그 아웃으로 들어오는 주기하의 헬멧과 등을 두드리며 환호했다.

하지만 해명 고등학교 코칭스태프는 그 분위기에 동요될 여유가 없었다.

5 대 0으로 끌려가던 상황에서 두 점을 따라붙었다. 게다가 아직 무사 주자 2루였다. 하위 타선으로 이어지는 걸 감안하더라도 최소한 2루 주자 이진성까지 홈으로 불러들여야 했다.

"상준아이."

박영태 감독은 대기 타석에 있던 7번 타자 한상준을 불렀다.

"넵!"

한상준이 감독에게 뛰어왔다.

"조금 전 진성이가 치는 거 봤제? 다른 건 필요 없다. 1, 2루로 가는 땅볼이라도 치라. 최소한의 진루타 말이다."

"알겠습니더, 감독님."

한상준이 힘차게 고개를 끄덕인 후 타석으로 걸어갔다. 그러는 사이 서린 고등학교에서도 움직임을 보였다.

"타임!"

서린 고등학교 조영민 감독이 천천히 마운드로 걸어 올라갔다. 그 모습을 지켜보던 해명 고등학교 박영태 감독의 눈이 커졌다.

"뭐꼬? 점마 저, 투수 바꾸는 거 아니겠제?"

"그럼 안 되는데……."

박영태 감독과 김명철 타격 코치가 걱정스런 얼굴로 중얼거리자 권해명 투수 코치가 나직이 말했다.

"바꾸진 않을 겁니더. 솔직히 저쪽 불펜 투수들은 형편없지 않습니꺼."

"맞다, 점마들 불펜 투수들이 별로제?"

김명철 타격 코치가 박수를 치며 동조했다. 3학년 투수들이 대거 졸업하면서 서린 고등학교의 마운드가 많이 낮아진 상태였다.

박영태 감독도 고개를 주억거리며 상황을 지켜보았다.

선수들을 불러 모은 조영민 감독은 뭔가를 부지런히 지시했다. 그러면서 해명 고등학교 더그아웃을 힐끔힐끔 바라보는 것도 잊지 않았다.

하지만 다행히 투수 교체는 없었다. 조영민 감독이 내려간 마운드 위에는 여전히 고우민이 서 있었다.

"역시 투수 교체는 없나 봅니더."

"후우……."

"그럼, 이번 참에 점수 팍팍 내야지예."

"그래야지, 그런데……."

박영태 감독은 쓴웃음을 지었다. 그 역시도 이번이 절호의 기회라는 것쯤은 잘 알고 있었다.

무사 2루 상황에 투수가 지쳐 있었다. 여기서 조금만 더 몰아붙인다면 경기를 충분히 뒤집을 수 있었다.

하지만 해명 고등학교의 하위 타선은 대외적으로 구멍 타선으로 불리고 있었다. 조금 전 한상준에게 욕심 부리지 말라고 지시하긴 했지만 이대로 세 타자가 연속 삼진으로 물러난다 하더라도 할 말이 없었다.

서린 고등학교에서 고우민을 그대로 가는 이유도 타순을 고려한 결정일 가능성이 높았다.

2할도 되지 않는 7, 8번 타자를 잡아내고 나면 2학년 박인호 차례가 온다. 제아무리 박인호가 타격 재능이 좋다 하더라도 투아웃의 중압감을 이겨내기란 쉽지 않아 보였다.

"후우⋯⋯."

고우민은 길게 숨을 골랐다. 조영민 감독이 시간을 벌어준 덕분인지 아니면 동료들의 위로 때문인지 모르겠지만 어깨가 한결 가벼워진 기분이었다.

로진백을 만지며 고우민이 힐끔 전광판을 바라봤다.

아웃 카운트 하나 잡지 못한 상황에서 주자가 2루에 나가 있었다. 점수는 5 대 2, 3점 차. 이 위기를 막아내지 못한다면 오늘 경기가 어려워질 수도 있었다.

고우민의 시선이 다시 해명 고등학교 더그아웃 쪽으로 향했다. 이 와중에 에이스 강동원이 몸이라도 풀면 어쩌나 걱정했는데 확실히 오늘 경기에는 나오지 않는 모양이었다.

'마음 편히 갖자. 한 점 정도는 더 줘도 돼. 타자들도 점수를 뽑아줄 거야.'

천천히 투수판을 밟은 뒤 고우민이 포수 쪽을 바라봤다. 포수 김인우는 초구에 몸 쪽 낮은 슬라이더를 요구했다. 한상준의 타격이 형편없으니 유인구로 승부하자는 이야기였다.

고우민은 가볍게 고개를 끄덕였다. 그리고 김인우가 요구한 대로 몸 쪽 낮은 코스로 공을 던졌다.

'좋아! 잡아당겨라!'

김인우는 성급한 한상준이 그대로 바깥쪽으로 흘러나가는 슬라이더를 잡아당겨 땅볼을 때려줄 것이라 믿었다.

하지만 한상준은 박영태 감독의 지시를 잊지 않고 있었다. 잡아당기고 싶은 욕심을 꾹 참아내며 1, 2루 간으로 툭 하고 공을 밀어 때렸다.

따악.

방망이 끝에 걸린 타구가 2루 방향으로 향했다. 그사이 2루 주자 이진성이 3루를 향해 스타트를 끊었다.

2루수 조민우가 재빨리 공을 잡았지만 이진성은 3루에 거의 도착한 상태였다.

"젠장!"

조민우가 어쩔 수 없다는 얼굴로 1루를 향해 공을 던졌다.

"아웃!"

1루심이 가볍게 주먹을 들어 올렸다.

그렇게 무사 2루 상황이 1사 3루 상황으로 바뀌었다.

다음 타자는 8번 고준용. 하위 타선답지 않게 다부진 체격
의 소유자였다. 하지만 정확성이 떨어졌다. 그렇다 보니 타
격 결과도 극과 극을 달렸다.

잘 걸렸다 하면 장타로 이어졌지만 그 외에는 대부분 삼진
으로 물러났다. 그나마 수비 실력이 준수하지 않았다면 주전
멤버로 뛰기 어려울 정도였다.

만약 2사 3루 상황이었다면 박영태 감독은 고준용을 빼고
대타를 기용했을 것이다. 하지만 1사 3루 상황이라면 이야기
가 달랐다.

'준용이가 외야 플라이라도 때려주면 한 점 더 뽑아낼 수
있어.'

박영태 감독이 고준용에게 힘껏 휘둘러 보라는 사인을
냈다. 그 마음이 통한 것일까.

따악.

고준용이 낮게 떨어지는 공을 걷어 올렸다. 원 스트라이크

투 볼 상황이라 치기보다는 기다리는 게 옳은 판단이었지만 고준용의 방망이에는 망설임이 없었다.

덕분에 타구는 포물선을 그리며 우측 폴대 쪽으로 빠르게 뻗어 나갔다.

해명 고등학교의 더그아웃에 있던 선수들이 자리에서 벌떡 일어나 타구를 지켜봤다.

"나가지 마라!"

"제발! 들어오라꼬!"

1루로 천천히 내달리던 고준용도 타구를 지켜봤다. 오랜만에 방망이에 제대로 걸린 타구였다. 폴대 안쪽으로만 들어온다면 충분히 장타로 이어질 것 같았다.

그런데 타이밍이 살짝 밀렸는지 더 치솟아야 할 타구가 점점 떨어져 내렸다. 그사이 서린 고등학교의 우익수 송진한이 부지런히 발을 놀려 타구를 향해 글러브를 쭉 뻗어 올렸다.

탑!

송진한의 글러브 끝에 공이 걸렸다. 그것을 확인하기가 무섭게 3루 주자 이진성이 홈으로 내달렸다.

이진성의 걸음이 빠른 편은 아니었지만 외야 끝에서 태그업 플레이를 하는 3루 주자를 잡아내기란 불가능에 가까웠다.

"받아!"

송진한이 홈 승부를 포기하고 2루 쪽으로 공을 던졌다. 그렇게 이진성까지 홈을 밟으며 해명 고등학교의 세 번째 득점이 만들어졌다.

"진성아아아!"

"이 문디 자스윽~"

홈으로 들어온 이진성을 향해 선수들의 격한 애정 행각이 이어졌다. 큼지막한 외야 플라이를 때린 고준용에게도 마찬가지. 마치 홈런을 치고 돌아온 선수처럼 반겨주었다.

"좋아, 좋아. 이대로만 가면 돼!"

박영태 감독도 흥분을 감추지 못했다. 5 대 0으로 패색이 짙던 경기에서 단숨에 3점을 따라 붙었으니 경기는 이제부터 시작이라 해도 과언이 아니었다.

하지만 고우민도 더 이상의 추격은 허용하지 않았다. 9번 타자 박인호를 3구 삼진으로 돌려세운 뒤 힘겨웠던 이닝을 스스로 끝내 버렸다.

"투수 어떻게 할까요?"

"혁민이가 2이닝 던졌나?"

"아직 힘은 남아 있지만 이번 이닝을 전부 던지는 건 무립니더."

"그럼 기수 준비시켜."

아쉬운 마음을 뒤로 하고 박영태 감독은 투수를 바꿨다.

2이닝을 잘 막은 3학년 우완 투수 안혁민이 내려가고 3학년 좌완 투수 박기수가 마운드에 올랐다.

박기수가 상대할 첫 타자는 5번 송진한.

송진한은 박기수의 초구부터 힘껏 방망이를 돌렸다. 바뀐 투수의 초구를 노리라는 야구계의 속설을 따른 것이다.

하지만 구위보다 제구로 승부를 보는 박기수의 공은 몸 쪽에 꽉 차게 들어와 버렸다. 송진한의 타이밍이 나쁘지는 않았지만 아쉽게도 타구는 3루수 정면으로 굴러갔다.

"젠장할!"

방망이를 내던지며 송진한이 고개를 푹 숙인 채 1루로 뛰어갔다. 그사이 3루수 김재신이 안정적으로 포구를 한 후 1루로 공을 던져 아웃 카운트를 잡아냈다.

원 아웃.

그다음으로 6번 타자 김희근이 타석에 들어왔다.

김희근은 송진한처럼 서두르지 않았다. 마치 1번 타자처럼 박기수의 공을 전부 지켜보려 노력했다.

하지만 4구째 승부에서 박기수의 주 무기인 스플리터를 참아내지 못하고 방망이를 내밀었다. 한복판으로 들어오다 마지막 순간에 살짝 가라앉는 공을 그냥 넘기기에는 너무나 먹음직스럽게 보인 것이다.

그러나 마지막 순간에 살짝 먹힌 타구는 평범한 중견수 플라이로 끝이 났다.

순식간에 투 아웃을 잡아낸 박기수는 7번 타자 조희상까지 삼진으로 돌려세우며 이닝을 마쳤다.

투구 수는 총 11개.

채 5분도 되지 않아 서린 고등학교의 공격을 끊어버렸다.

분위기가 심상치 않게 돌아가자 서린 고등학교도 8회부터 불펜을 가동했다.

7이닝 3실점 호투한 에이스 고우민을 대신해 우완 투수 최창훈이 마운드에 올랐다. 최창훈과 김석기는 서린 고등학교가 유일하게 믿을 수 있는 계투 라인이었다. 상황에 따라 순번을 바꿔 가긴 했지만 이 둘 중 한 명이라도 나온다는 건 오늘 경기를 이대로 틀어막겠다는 소리나 다름없었다.

"창훈아, 확실히 틀어막아라."

조영민 감독은 마운드에 직접 올라 최창훈을 독려했다. 5점 차 여유로웠던 리드가 2점 차 박빙으로 바뀌어 있었다.

여기서 최창훈마저 흔들린다면 오늘 승리를 장담하기 어려웠다.

"한 점도 안 내주겠습니다."

최창훈도 의지를 다졌다. 에이스 고우민이 고생해 가며 7이닝을 버텼는데 여기서 경기를 망칠 생각은 눈곱만큼도 없었다.

서린 고등학교에서 필승 카드를 뽑아들었지만 해명 고등학교는 크게 동요하지 않았다.

　5 대 0 상황에서 최창훈이 나왔다면 자포자기 했겠지만 지금 전광판의 점수는 5 대 3으로 바뀌어 있었다.

　게다가 타순도 좋았다. 타격감 좋은 1번 타자 최영기부터 시작해 2번 조상우와 3번 곽영철까지.

　"상위 타선이니까 못해도 한 점은 더 뽑겠제?"

　한문혁이 기대 어린 얼굴로 말했다.

　"글쎄."

　강동원은 쓴웃음을 지었다. 모두의 바람대로 타격감이 좋은 최영기만 나가준다면 3번 곽영철과 4번 김재신 쪽에서 한 점 만드는 건 어렵지 않았다. 최창훈이 서린 고등학교의 필승 계투조라 하더라도 같은 고등학생인 만큼 충분히 공략이 가능해 보였다.

　하지만 강동원의 기억은 이번 이닝은 3자 범퇴로 끝이 난다고 말해주고 있었다.

　'혹시 모르니까.'

　강동원은 경기장에서 눈을 떼지 않았다. 경기 후반으로 접어든 만큼 뭔가 과거와는 다른 결과가 만들어질지도 모른다고 여겼다.

　그러나 최창훈은 세 타자를 깔끔하게 처리하고 마운드에

서 내려갔다. 최영기와 곽영철의 타구가 잘 맞긴 했지만 하나같이 야수 정면으로 날아가면서 추가 안타는 나오지 않았다.

"어떻게 하시겠습니꺼."

"흐음……."

"제 생각에는 기수 내리고 지헌이를 올리는 게 좋을 거 같습니더."

득점 없이 8회 말이 끝나자 권해명 투수 코치가 다시 한번 투수 교체를 제안했다. 8회를 박기수가 잘 막아내긴 했지만 마지막 이닝인 만큼 마무리 투수 송지헌을 아낄 필요가 없다고 말했다.

"좋아. 지헌이로 가자고."

박영태 감독은 다시 한번 투수를 바꾸었다. 여기까지 따라왔는데 박기수가 추가 점수라도 내주면 9회 말 마지막 공격에서 경기를 뒤집기 불가능했다.

"그냥 기수가 나을 거 같은데……."

마무리 송지헌이 마운드에 오르자 한문혁이 불안한 표정을 지었다.

강동원 만큼은 아니지만 프로야구 스카우터들의 적잖은 관심을 받고 있는 송지헌의 장점은 150㎞/h를 넘는 빠른 공이었다.

제대로 걸리는 날에는 한복판으로 공을 던져도 치기 어려울 만큼 무브먼트도 좋았다.

하지만 제구가 들쑥날쑥했다. 게다가 하위 타선을 상대로 방심하는 경향이 심했다.

한문혁은 서린 고등학교의 타순이 8번부터 시작하는 걸 감안했을 때 송지헌보다는 박기수로 끌고 가는 게 더 낫다고 판단했다.

그러나 결과를 알고 있는 강동원은 걱정할 것 없다는 표정이었다.

"지헌이가 최창훈보다 잘 던질 테니 걱정 마라."

강동원의 말처럼 송지헌은 최고 구속 153㎞/h의 빠른 패스트볼을 앞세워 8번 타자 김인우와 9번 타자 강한영을 삼진으로 돌려세웠다.

프로야구 스카우터들이 지켜보는 상황에서 서린 고등학교의 계투들에게 밀리지 않겠다고 이를 악문 것이다.

기세에서 밀린 1번 타자 이영수가 기습 번트를 시도해 봤지만 타구가 투수 앞으로 굴러가면서 세 번째 아웃 카운트가 싱겁게 만들어졌다. 그리고 운명적인 해명 고등학교의 9회 말 공격이 시작됐다.

"후우……."

7회에 이어 또다시 선두 타자로 나서게 된 4번 타자 김재신의 각오는 남달랐다.

　서린 고등학교의 4번 타자 박경호는 오늘 만점 활약을 펼쳤다. 솔로 홈런에 이어 1타점 2루타 그리고 사사구까지. 세 차례나 출루하며 4번 타자로서의 존재감을 드러냈다.

　반면 김재신은 이렇다 할 활약을 펼치지 못하고 있었다.

　안타를 하나 때려내긴 했지만 타점을 올리지는 못했다. 게다가 그 안타도 정타가 아닌 행운의 안타였다.

　'어떻게든 이겨야 해! 이겨서 결승전에 올라가야 해!'

　김재신이 입술을 질근 깨물었다. 마음 같아선 박경호처럼 큰 것 한 방으로 경기를 동점으로 만들고 싶었지만 9회 말 마운드에 오른 서린 고등학교의 투수는 만만치가 않았다.

　김석기.

　서린의 공식적인 마무리 투수이자 최고 구속 153㎞/h를 던지는 좌완 파이어볼러였다.

　특히나 큰 키에서 내리꽂히는 공은 지금 당장 프로에 진출해도 손색이 없다는 평가를 받을 정도로 좋았다.

　'홈런이 아니라도 좋아. 몸에 맞아서라도 1루를 밟자!'

　4번 타자로서 스스로 가치를 입증해야 하는 김재신의 눈은 그 어느 때보다 활활 불타고 있었다.

　자연스럽게 김석기의 얼굴에도 긴장감이 번졌다.

　조영민 감독은 김재신과 최대한 어렵게 승부를 하라고 말했다.

그렇다고 정말 볼넷을 주면 안 되겠지만 2점 차 상황에서 김재신에게 장타를 얻어맞았다간 경기 흐름이 어떻게 바뀔지 장담하기 어려웠다.

'유인구로 가자.'

김석기는 자신 있는 슬라이더를 이용해 김재신의 방망이를 끌어내려 애썼다.

초구는 바깥쪽으로 빠지는 공.

2구는 바깥쪽에 꽉 찬 스트라이크.

3구는 다시 바깥쪽으로 빠지는 공.

연속해서 3개의 슬라이더를 던졌지만 김재신은 꿈쩍도 하지 않았다.

'패스트볼을 노린다 이건데…….'

고심하던 포수 김인우가 몸 쪽으로 붙는 패스트볼 사인을 냈다. 김재신이라 하더라도 위에서 아래로 찍어 누르는 김석기의 패스트볼은 쉽게 때려내지 못할 것이라 여겼다.

김석기는 묵묵히 고개를 끄덕였다. 그리고 김인우의 미트를 향해 힘껏 공을 내던졌다.

그런데 하필 공이 가운데로 몰려 들어가 버렸다. 그 공을 김재신은 놓치지 않고 받아쳤다.

따악!

힘껏 때린 공이 3유간을 꿰뚫었다. 3루수 김희근이 몸을 날려봤지만 타구가 워낙 빨랐다.

기대했던 장타는 아니었지만 해명 고등학교의 응원석에서 절로 환호성이 터져 나왔다.

"그렇지!"

"역시 4번 타자 아이가!"

조마조마한 얼굴로 경기를 지켜보던 해명 고등학교 선수들도 두 팔을 벌려 환호했다.

무사 1루.

경기를 뒤집을 첫 단추가 꿰어졌다.

뒤이어 5번 타자 주기하가 타석에 들어섰다.

전 타석에서 볼넷으로 출루한 주기하는 장타를 노리는 모습이었다. 초구를 지켜본 뒤 2구째 높은 패스트볼에 시원하게 선풍기질을 해댔다.

"잡아당기면 안 되는데…….'

한문혁은 불안함을 참지 못했다. 중심 타자답게 주기하는 잡아당기는 타격을 선호했다. 상황에 맞게 밀어칠 줄도 알아야 하는데 그런 융통성이 없었다.

만약 여기서 주기하가 김석기의 유인구를 잡아당겨 땅볼을 때린다면 병살타로 이어질 가능성이 높았다.

"점마 저, 혼자 죽으면 안 되겠나."

한문혁이 혼잣말처럼 중얼거렸다. 그러자 정말로 주기하가 삼진으로 물러났다. 김석기의 유인구가 워낙 예리해 제대로 맞혀내지 못한 것이다.

무사 1루 상황이 1사 1루로 바뀌었다. 그리고 타석에 6번 타자 이진성이 들어왔다.

비록 나이와 경험 때문에 중심 타선에서 밀리긴 했지만 이진성은 누가 뭐래도 4번 타자감이었다. 특히나 이런 위기상황에서 누구보다 뛰어난 집중력을 선보였다.

'진성아, 하나 때려라!'

과거의 기억을 떠올리며 강동원이 속으로 중얼거렸다. 그러자 2구째까지 꿈쩍도 하지 않던 이진성이 3구째 날아온 슬러이더를 힘껏 때려냈다.

따악!

방망이 중심에 제대로 걸린 타구가 우익수의 키를 넘겼다. 평소보다 깊숙이 수비를 했음에도 불구하고 이진성의 괴력을 막아내지 못했다.

그사이 1루 주자 김재신은 부지런히 2루를 돌아 3루까지 내달렸다.

"뛰어!"

"뛰라고!"

해명 고등학교 관중석은 난리가 났다. 이대로 김재신이 홈으로 들어오기만 한다면 철망을 넘어 구장 안으로 뛰어들 기세였다.

하지만 김재신은 홈으로 들어오지 못했다. 군더더기 없는 서린 고등학교의 중계 플레이에 공이 순식간에 포수 김인우에게 도착한 것이다.

게다가 1루를 돌면서 미끄러진 이진성도 2루를 밟지 못했다. 1사 2루 상황에서 서린 고등학교를 한 점 차로 압박할 수 있는 상황이 무득점에 1사 1, 3루로 그치고 만 것이다.

"크읔."

박영태 감독은 질근 입술을 깨물었다. 타구를 보고 최소 1사 2, 3루는 될 것이라 여겼는데 또다시 병살타의 위기에 빠져 버렸으니 급체한 것처럼 가슴이 답답해졌다.

"대타를 쓰는 게 좋겠습니더."

김명철 타격 코치가 조심스럽게 입을 열었다. 발도 느리고 타격감도 좋지 않은 한상준에게 이번 타석을 맡겼다가 병살타라도 나온다면 오늘 경기는 이대로 끝이었다.

그보다는 타격 센스가 좋은 2학년 서재훈을 내보내는 편이 나을 것 같았다.

"후우……."

길게 한숨을 내쉬며 박영태 감독이 더그아웃 쪽으로 고개를 돌렸다. 정확하게는 저만치 앉아 있는 강동원을 향했다.

이번 이닝에서 3점을 뽑아내 역전을 거둔다면 좋겠지만 동점으로 끝날 상황도 염두에 둬야 했다.

만약 그런 일이 벌어진다면 박영태 감독은 강동원에게 오늘 경기를 맡길 생각이었다.

동점까지 필요한 점수는 2점. 뭐라도 해보려면 최소한 이번 타석 때 1점은 따라붙어야 했다.

"재훈이 집어넣어."

박영태 감독이 결정을 내렸다.

"알겠습니다."

김명철 코치가 냉큼 선수 교체를 알렸다.

서재훈은 수비가 미숙해 아직 주전으로 뛰지 못했다. 하지만 발도 빠르고 타격 센스가 좋아 이런 상황에서 대타 카드로 쓰려고 아껴놓고 있었다.

"재훈아, 방망이에 공이 맞으면 무조건 1루로 미친 듯이 뛰어라. 알았제?"

김명철 코치는 서재훈에게 1루에서 무조건 살아야 한다고 신신 당부를 했다.

"넵, 알겠심더."

서재훈이 단단히 고개를 끄덕였다. 그러고는 요란하게 연습 스윙을 한 뒤에 타석에 들어섰다.

대타가 들어서자 포수 김인우가 사인을 변경했다. 해명 고등학교에서 한상준으로 계속 밀고 갔다면 더블플레이를 노리는 볼 배합을 가져갔겠지만 서재훈이 발 빠른 좌타자인 이상 상대 벤치의 작전을 파악할 필요가 있었다.

고심 끝에 김인우는 외각으로 낮은 코스를 요구했다.

볼이라도 좋으니까 무조건 낮게!

김석기가 고개를 끄덕거렸다. 그리고 주자를 견제한 뒤 힘차게 공을 던졌다.

후앗!

김석기의 손끝을 빠져나온 공이 김인우의 미트에 박혔다.

퍼엉!

포구 소리가 크게 울렸다. 그러자 한참을 망설이던 구심이 오른팔을 들어 올렸다. 낮게 제구되긴 했지만 서재훈이 충분히 공략할 수 있는 공이라고 판단한 것이다.

서재훈이 너무 낮은 거 아니냐며 고개를 갸웃거려 봤지만 구심의 판정은 달라지지 않았다.

원 스트라이크.

'일단 스퀴즈는 없는 것 같으니까.'

초구를 통해 주자들의 움직임을 확인한 김인우는 2구째도 바깥쪽 공을 요구했다.

대신 이번에는 좀 더 안쪽으로 미트를 넣었다.

서재훈이 치고 싶은 생각이 들도록 말이다.

후앗!

바람 소리와 함께 김석기의 공이 포수 미트를 향해 날아 갔다. 그때 서재훈의 망설이지 않고 방망이를 힘껏 내돌 렸다.

따악!

방망이 끝에 걸린 타구가 빠르게 3루 쪽으로 향했다. 그러 자 3루수 김희근이 파울 라인 쪽으로 몸을 날렸다. 하지만 바운드와 함께 휘어진 타구는 3루 베이스 밖으로 벗어나며 파울이 되었다.

"크윽!"

서재훈은 아쉬움을 감추지 못했다. 그대로 타구가 페어가 됐다면 1루 주자는 어렵더라도 3루 주자는 충분히 홈으로 불 러들일 수가 있었다.

하지만 타구가 파울이 되면서 볼카운트마저 몰리고 말 았다.

투 스트라이크 노 볼.

투수에게 절대적으로 유리한 볼카운트가 찾아왔다.

"후우⋯⋯."

김석기가 가볍게 어깨를 돌렸다. 1사 주자 1, 3루. 아직 위 기가 끝난 건 아니지만 서재훈을 삼진으로 돌려세운다면 실 점 없이 경기를 마무리 지을 수 있을 것 같았다.

'아직 승부 끝난 거 아니야. 긴장 풀지 마!'

김인우가 김석기에게 집중하라는 사인을 냈다. 그러면서 몸 쪽으로 붙는 패스트볼을 요구했다.

4구째 바깥쪽 승부를 걸기 전에 몸 쪽으로 하나 찔러 넣자는 이야기였다.

하지만 김석기는 김인우의 사인을 제대로 이해하지 못했다. 김인우가 분명 볼을 요구했는데 김석기가 던진 공은 스트라이크존으로 향했다. 그것도 거의 한가운데로 말이다.

서재훈은 반사적으로 방망이를 휘둘렀다. 투 스트라이크 상황이라 눈에 보이는 공이라면 무엇이든 때려내기로 준비를 끝낸 상태였다.

따악!

방망이에 걸린 타구가 살짝 밀려 3루 쪽으로 날아갔다. 그러고는 3루수 키를 살짝 넘겨 페어 지역으로 떨어졌다.

"빠졌어!"

"김재신! 달려!"

3루 주자 김재신은 타구를 확인하며 천천히 홈 플레이트를 밟았다. 그사이 1루 주자 이진성이 3루에 안착했다. 타자 주자 서재훈도 빠른 발로 2루까지 진루했다.

"좋아! 좋아!"

"이제 한 점 차다!"

해명 고등학교 더그아웃은 그야말로 난리가 났다. 발 빠른 서재훈이 2루까지 들어갔으니 이제 안타 하나면 동점이 아니라 경기를 뒤집을 수 있었다.

"크아아아! 동원아아!"

환호하는 선수들 속에서 한문혁도 펄쩍펄쩍 뛰었다. 마치 경기를 이기기라도 한 것처럼 강동원의 옆에서 어쩔 줄을 몰라 했다.

하지만 강동원은 그 분위기를 함께 즐기지 못했다.

'그래, 여기까지는 좋았어. 여기까지는.'

강동원이 쓴웃음을 지었다. 과거가 되풀이되는 터라 이 상황까지는 올 것이라 생각했다. 그리고 예상대로 정말로 서재훈이 1타점 2루타를 때려내면서 경기의 분위기가 해명 고등학교 쪽으로 반쯤 넘어온 상태였다.

과거에도 그랬다. 그리고 그 당시 강동원은 이대로 경기가 뒤집힐지 모른다는 생각에 들떠 있었다.

그러나 박영태 감독이 말도 안 되는 작전을 꺼내면서 역전의 기회는 무산되고 말았다.

박영태 감독은 8번 고준용이 안타를 때려내지 못할 거라고 판단, 스퀴즈번트 사인을 냈다. 역전보다는 동점을 만드는 게 중요하다고 판단한 것이다.

하지만 프로에서도 좀처럼 보기 어려운 스퀴즈플레이의

결과는 비참하기만 했다.

강동원은 박영태 감독 쪽으로 고개를 돌렸다. 박영태 감독은 두 코치들과 모여 은밀한 이야기를 나누고 있었다.

마음 같아서는 박영태 감독에게 찾아가 스퀴즈 작전은 절대 쓰지 말라고 신신당부를 하고 싶었다.

그러나 에이스이기 이전에 일개 선수로서 감독의 결정에 왈가왈부할 수는 없는 노릇이었다.

"좋아, 좋아!"

전략 회의를 끝낸 박영태 감독이 손뼉을 치며 고준용을 독려했다. 그 모습이 마치 고준용을 믿고 강공을 지시한 것처럼 보였다.

하지만 서린 고등학교 조영민 감독은 바보가 아니었다.

'대타가 아니란 말이지? 그렇다면…… 분명 뭔가 있다.'

조영민 감독은 은밀히 포수와 내야수들에게 사인을 보냈다. 김인우는 고준용이 쉽게 번트를 대지 못하도록 몸 쪽 하이 패스트볼을 요구했다.

김석기는 고개를 끄덕였다. 그리고 이를 악물고 김인우의 미트를 향해 공을 내던졌다.

후아앗!

김석기의 손에서 공이 떠나기가 무섭게 고준용이 번트 자세를 취했다.

따악!

때리는 건 몰라도 번트 하나는 잘 대는 고준용이 몸을 비틀어 가며 번트를 성공시켰다. 하지만 애석하게도 타구는 투수 정면으로 굴러갔다.

"젠장!"

설마하니 고준용이 번트를 성공시킬 줄은 몰랐던 이진성은 3루에서 움직이지 못했다. 뒤늦게 달려가려 했지만 타구가 힘없이 마운드로 굴러가는 걸 보고 발걸음을 되돌릴 수밖에 없었다.

그사이 김석기는 안전하게 번트 타구를 잡아 1루에 내던졌다.

"아웃!"

1루심이 단호하게 오른팔을 들어 올렸다.

1사 2, 3루가 2사 2, 3루로 바뀌는 순간이었다.

"크아아아!"

"이 문디 자슥들아!"

실로 어처구니없이 아웃 카운트가 하나 늘어나자 해명 고등학교 응원단은 그 자리에 주저앉고 말았다.

반면 조마조마한 눈으로 경기를 지켜보던 서린 고등학교 응원단 쪽에서는 환호성이 터져 나왔다.

아직 아웃 카운트가 하나 남은 상태였지만 경기의 분위기는 다시 서린 고등학교 쪽으로 기운 상태였다.

다음 타자는 9번 타자 박인호.

아직 2학년인 선수에게 봉황기 결승이 걸린 천금 같은 안타를 기대하기란 쉽지 않았다.

박영태 감독이 두 눈을 질끈 감았다.

스퀴즈보다는 강공이 낫다던 권해명 코치의 말을 듣는 건데.

이미 엎질러진 물을 다시 주워 담을 수 없다는 게 아쉽기만 했다.

하지만 그렇다고 해서 기회가 완전히 날아간 것은 아니었다. 2사지만 여전히 주자는 2, 3루다. 이제는 짧은 안타가 나오더라도 주자를 모두 홈으로 불러들일 수 있었다.

'대타를 쓴다.'

박영태 감독은 눈을 뜨고 고개를 돌렸다. 그때 자연스럽게 강동원과 눈이 마주쳤다.

"동원아, 니가 나가라."

박영태 감독의 한마디가 더그아웃에 울려 퍼졌다.

"예? 저요?"

반쯤 체념하고 있던 강동원의 두 눈이 똥그랗게 변했다.

4장
내가 바꾼다

1

"동원아이, 내 말 단디 들어라. 기덕이는 지금 많이 지쳐 있을 끼다. 그러니까 섣불리 덤비지 말고……."

박영태 감독의 입술이 쉴 새 없이 달싹거렸다. 하지만 강동원의 귀에는 그 말이 제대로 들리지가 않았다.

'내가 왜 타석에 들어서야 하지? 내가 왜?'

기억하기로 과거 마지막 타자는 정우성이었다.

본래 정우성은 타자와 투수 중에 고민을 하다가 고등학교 1학년 때 투수로 전향한 상태였다. 하지만 공을 맞히는 재주는 여전해서 종종 대타로 나서곤 했다.

투수로서 입지가 불안했던 정우성도 대타 기용을 마다 하지 않았다. 그렇다 보니 마땅한 대타 카드가 없을 때면 박영태 감독은 늘 정우성을 선택했다.

하지만 지금은 달랐다. 과거에는 바꿀 선수가 정우성밖에 없었지만 지금은 강동원 옆에 한문혁이 앉아 있었다.

한문혁의 타격 실력이 형편없다 하더라도 타자로서 안정감은 강동원보다 나았다.

강동원이 가끔 뜬금없는 안타를 때려내곤 하지만 고작 그게 2사 주자 2, 3루 기회에서 강동원을 선택할 근거는 되지 못했다.

그래서 강동원은 박영태 감독이 대타를 쓴다면 한문혁을 지목할 거라 여겼다.

실제 한문혁도 박영태 감독의 한마디에 언제든지 타석에 들어설 수 있도록 제 방망이를 옆에 끼고 앉아 있었다.

그런데 박영태 감독의 선택은 한문혁이 아니었다.

"저, 감독님. 왜…… 전가요?"

강동원은 진심으로 궁금했다. 대체 박영태 감독이 무슨 생각으로 자신을 대타로 쓰려는 건지 이해가 가지 않았다.

그러자 박영태 감독이 눈을 크게 뜨며 말했다.

"인마, 지금 뭔 소리 하는데? 쓸데없는 생각 말고 나가서 제대로 때려라이. 안타 하나믄 결승이다. 알았나?"

박영태 감독은 중요한 순간마다 자신을 실망시키지 않았던 강동원이 뭔가 일을 내줄 것이라 기대했다.

"그래, 동원아. 시원하게 한 방 날리고 오너라."

옆에 있던 김명철 타격 코치도 강동원을 달래며 말을 거들었다.

'하아, 미치겠네.'

강동원은 머릿속이 복잡해졌다. 이대로 끝날 줄 알았던, 결과적으로 과거와 달라지지 않을 거라 여겼던 경기의 마지막에 대타로 나서게 될 줄은 꿈에도 예상하지 못한 일이었다.

당황한 건 서린 고등학교 벤치도 마찬가지였다.

"강동원이 대타라고?"

"그게…… 기록을 찾아보니까 2학년 때 홈런을 친 적이 있긴 한데…….'

"고작 그런 이유 때문에 이 상황에 대타로 쓰겠다고?"

서린 고등학교 조영민 감독은 어처구니가 없었다. 아무리 그래도 그렇지 아웃 카운트 하나면 경기가 끝날 상황에서 투수를 대타로 내보내다니. 박영태 감독이 무슨 생각인지 이해가 가지 않았다.

그러자 코치 중 한 명이 넌지시 입을 열었다.

"혹시 이런 거 아닐까요?"

"……?"

"방금 전에 박영태 감독이 욕심을 부리다 기회를 날렸잖습니까."

"그러니까 자신의 실수를 덮기 위해 강동원을 일부러 내세웠다?"

"잘되면 다행인 거고 안 되더라도 강동원이니까 좋게 좋게 넘어갈 수 있을 테고요."

"그렇다면 정말 실망인데."

조영민 감독이 미간을 찌푸렸다. 봉황기 준결승전이라고는 하지만 선수에게 책임을 떠넘기려는 감독이라니. 같은 아마 야구 감독으로서 얼굴이 화끈거렸다.

"그래도 혹시 작전이 나올지 모르니까 준비시키겠습니다."

안희석 수석 코치가 조영민 감독을 대신해 사인을 냈다.

실제로 작전이 나올 가능성은 많지 않았지만 투수가 대타로 나왔다는 이유로 선수들이 방심하지 않도록 마지막까지 신경을 썼다.

김인우와 김석기도 모종의 사인을 주고받았다.

그사이 강동원이 굳은 얼굴로 타석에 들어섰다.

'이럴 줄 알았으면 몸이라도 풀어두는 건데…….'

강동원은 머릿속이 복잡했다. 과거 마지막 타자로 들어왔던 정우성은 김석기에게 3구 삼진을 당했다.

마지막 기회를 살려 영웅이 되어 보겠다고 악착같이 덤벼들었지만 김석기의 공을 이겨내지 못했다.

덕분에 정우성은 한동안 뒷말에 시달려야 했다.

5실점을 한 강동원이나 스퀴즈 작전을 걸어 아웃 카운트를 늘린 박영태 감독보다 정우성에 대한 비난이 더 많았다.

정우성이 일부러 팀의 승리를 날려 버렸다는 악의적인 소문마저 나돌았다.

하지만 강동원은 힘들어 하는 정우성을 단 한 번도 두둔해 주지 않았다. 전국 대회에서 계속 미끄러진 탓에 정우성을 돌아봐 줄 여유가 없었다.

그런데 막상 정우성을 대신해 대타로 타석에 들어서고 보니 뒤늦게나마 미안한 마음이 들었다.

'그래, 차라리 내가 욕을 먹는 게 나아.'

강동원이 길게 숨을 골랐다. 기왕 이렇게 된 거 죽더라도 자신이 죽는 게 나을 것 같았다. 에이스로서 패배의 책임을 다른 누군가에게 전가시키는 건 두 번 다시 하고 싶지 않았다.

강동원이 방망이를 움켜 들자 김석기도 곧바로 투구 동작에 들어갔다.

강동원은 머릿속으로 몸 쪽을 파고드는 날카로운 슬라이

더를 그렸다. 과거 정우성에게 그랬던 것처럼 패스트볼보다는 변화구 위주로 자신을 상대하려 들 것이라 여겼다.

하지만 정작 공은 강동원의 얼굴 쪽으로 똑바로 날아들었다.

"……!"

소리를 지를 새도 없이 강동원이 그 자리에 주저앉았다. 설마하니 초구부터 이런 말도 안 되는 공이 날아올 것이라고는 생각지도 못한 것이다.

그러나 대놓고 위협구를 던진 김석기는 미안해하는 내색조차 없었다.

"저 자식이……."

강동원이 눈을 부라리며 투수 김석기를 노려보았다. 하지만 김석기는 휙 하고 강동원의 시선을 피해 버렸다.

"후우……."

애써 숨을 고른 뒤 강동원은 다시 타석에 섰다.

분명 원 스트라이크여야 할 볼카운트가 원 볼로 시작했지만 큰 의미를 두진 않았다.

계속해서 벤치만 달구다 갑자기 나와서 서린 고등학교의 마무리 투수인 김석기의 공을 때려낼 수 있을 거란 생각은 하지 않았다.

하지만 김석기는 갑작스럽게 방망이를 들고 나타난 강동

원이 신경 쓰인 모양이었다.

후아앗!

김석기가 힘껏 내던진 2구도 강동원의 얼굴 쪽으로 날아들었다. 초구처럼 대놓고 위협적이진 않았지만 강동원을 움찔 놀라게 만들기에 충분한 공이었다.

"후우……."

강동원은 애써 분을 삭였다. 김석기가 무슨 의도로 위협구를 던져 대는지는 알 수 없지만 이런 때일수록 침착해야 한다는 걸 누구보다 잘 알고 있었다.

'벌써 투 볼이야. 적어도 정우성처럼 3구 삼진을 당할 일은 없어.'

강동원은 상황을 긍정적으로 받아들였다. 과거처럼 삼진을 당하더라도 3구 삼진을 당하는 것과 투 스트라이크 투 볼에서 삼진을 당하는 건 엄청난 차이가 있었다.

그런데 3구째 김석기가 내던진 바깥쪽 공이 아슬아슬하게 볼 판정을 받자 강동원의 눈빛이 달라졌다.

'뭐야? 이러다 사사구로 나가는 거 아냐?'

김석기가 던진 공은 빠르고 날카로웠다. 누가 보더라도 스트라이크를 잡기 위해 던진 공이었다.

하지만 구심의 팔은 올라가지 않았다. 공이 낮게 들어왔다고 판단한 것이다.

"타임이요."

포수 김인우는 다급히 마운드 위로 뛰어 올라갔다. 그러자 김석기가 기다렸다는 듯이 불만을 터뜨렸다.

"젠장, 이게 왜 볼이야?"

"볼 아냐. 스트라이크야."

"근데 왜 저래?"

"조용히 말해. 듣겠다."

김인우가 김석기의 어깨를 감싸며 말했다. 2루심이 바로 뒤에 있는데 심판 판정에 불만을 드러내 봐야 좋을 건 없었다.

"일단 침착해."

"이 상황에서 침착하게 생겼어?"

"그러니까 편히 던져. 한가운데로. 저 자식 투수잖아."

"그러다 맞으면?"

"야, 못 쳐. 네 공을 그렇게 쉽게 치겠냐? 그랬으면 진즉 대타로 나왔지."

"……?"

"저 자식이 에이스잖아. 여기서 못 치면 저 자식이 다 뒤집어쓰겠지. 그러라고 감독이 내보낸 거잖아."

"아…… 그런 거였어?"

강동원을 희생양 삼은 거라는 김인우의 한마디에 김석기

의 표정이 밝아졌다.

지금까지 김석기는 해명 고등학교에서 강동원을 믿고 타석에 내보냈다고 여겼다. 그래서 살짝 자존심이 상해 있었다.

그런데 정말로 김인우의 말대로라면 더 이상 강동원을 의식할 이유가 없어졌다.

"그냥 한복판으로 던지란 말이지?"

"그래, 빨리 끝내자고. 어차피 제대로 맞히지도 못할걸?"

"오케이."

"어깨에 힘 빼고. 흥분해서 볼 던지면 안 된다."

"알았다고."

몇 번이고 신신당부를 한 뒤 김인우가 포수석으로 돌아갔다.

그사이 강동원은 벤치로부터 사인을 받고 있었다.

'치지 말고 기다리란 말이지?'

사인을 확인한 강동원이 헬멧을 툭툭 두드렸다. 쓰리 볼 상황이다. 설사 벤치에서 사인이 나오지 않았더라도 공 하나쯤은 기다려 볼 생각이었다.

강동원이 천천히 타석에 들어섰다. 그러자 김석기가 주물럭거리던 로진백을 툭 하고 내던졌다.

"야, 강동원. 하나 쳐볼래?"

포수 김인우가 슬쩍 말을 걸어왔다.

"뭐, 하나 주겠다고?"

"석기 공 칠 수 있겠냐?"

"주면 못 칠 것도 없지."

"지랄하네. 너 웨이팅 사인 나온 거 다 알거든?"

"……!"

깜짝 놀란 강동원이 반사적으로 고개를 돌렸다. 그러자 김인우가 그럴 줄 알았다며 씩 웃어 보였다.

'젠장, 낚였다.'

강동원이 질근 입술을 깨물었다. 타석에 선 경험이 많지 않다 보니 김인우의 말장난에 당하고 말았다.

그 순간.

후앗!

김석기가 힘껏 내던진 공이 한복판으로 날아들었다.

퍼엉!

묵직한 포구 소리가 귓불을 때렸다.

"스트~ 라이크!"

구심이 처음으로 오른팔을 들어 올렸다.

"줘도 못 먹냐?"

김인우가 이죽거리며 자리에서 일어났다.

"시끄러."

"워워, 잘 하면 한 대 치겠다?"

"크으윽!"

"자신 있음 쳐 봐. 나 말고 공."

강동원은 대답 대신 빠득 이를 깨물었다. 그러고는 방망이를 단단히 움켜쥐었다.

'이 자식, 칠 분위기인데?'

김인우는 김석기에게 조금 높은 코스의 포심 패스트볼을 요구했다. 거의 어깨 높이로 날아오는 공은 어지간한 타자들은 쉽게 맞춰내지 못했다.

김석기는 가볍게 고개를 끄덕였다. 그리고 단단히 기합이 들어간 강동원을 향해 힘껏 공을 내던졌다.

후앗!

김석기의 손을 빠져나온 공이 강동원의 눈에 선명하게 들어왔다.

'친다!'

강동원은 망설이지 않고 방망이를 휘둘렀다. 하지만 정작 공은 강동원의 방망이 위를 지나 김인우의 미트 속에 빨려 들어가 버렸다.

"크윽!"

강동원은 아쉬움에 몸부림을 쳤다. 평소 자신이 잘 구사하던 하이 패스트볼에 역으로 당하니 치미는 굴욕을 참기 어려웠다.

'이제 됐어.'

전광판에 가득 찬 볼카운트를 확인한 김인우가 씩 웃으며
다시 한복판으로 미트를 내밀었다.

한가운데로 던져. 이 새끼 못 쳐.

김석기도 웃으며 고개를 끄덕였다. 만약 자신이 강동원이
었다 해도 이런 상황에서 전력으로 날아드는 패스트볼을 제
대로 맞춰낼 수 있을 것 같진 않았다.

하지만 강동원은 타석에 들어서기 전부터 삼진을 먹을 각
오한 상태였다.

'두고 보자.'

날선 강동원의 시선이 김석기에게 향했다.

그 순간.

후아앗!

김석기가 내던진 포심 패스트볼이 또다시 한복판으로 날
아들었다.

강동원은 반사적으로 방망이를 움직였다. 이대로 헛스윙
으로 물러난다 해도 상관없었다. 김인우의 말장난에 놀아나
스탠딩 삼진을 당하느니 차라리 헛스윙 삼진을 당하는 게 백

188 뜨겁게 던져라 1

번 나을 것 같았다.

그런데.

"……!"

자신이 내돌린 방망이 쪽으로…… 김석기가 던진 공이 달려들고 있었다.

'뭐, 뭐야?'

생각지도 못한 상황에 당황한 것도 잠시.

따악!

방망이를 타고 올리는 찌릿함에 강동원은 정신이 번쩍 들었다.

쳤다.

헛스윙 삼진으로 끝날 줄 알았는데…… 맞았다.

공을 맞혀 버렸다.

게다가 그 공은…… 전진 수비를 하고 있던 우익수의 머리 위로 날아가 버렸다.

"동원아! 뛰어!"

어디선가 들려온 한문혁의 외침에 강동원이 1루를 향해 내달렸다.

이미 투 아웃 상황이라 3루 주자 이진성은 여유롭게 홈을 밟았다. 그리고 1루 주자 고준용도 젖 먹던 힘까지 다해 3루를 돌아 홈으로 내달렸다.

"뛰어! 뛰어!"

"빨리!"

해명 고등학교 더그아웃이 들썩거렸다. 몇몇 선수는 더그 아웃 밖까지 뛰어나와 고준용에게 악을 내질렀다.

그사이 우익수와 2루수를 거쳐 온 공이 빠르게 홈으로 날아들었다.

"준용아! 슬라이딩!"

1루와 2루 사이에 멈춰서 상황을 지켜보던 강동원이 있는 힘껏 소리쳤다. 그 말을 들은 듯 고준용이 거의 넘어지듯 홈 플레이트를 향해 몸을 내던졌다.

촤라라라라락!

가속을 받은 고준용의 몸뚱이가 그대로 홈 플레이트 쪽으로 미끄러졌다.

그리고…….

"세이프!"

먼지가 가라앉기도 전에 구심이 양팔을 벌렸다.

"크아아아!"

고준용이 그 자리에 무릎을 꿇은 채 두 팔을 높이 들고 환호성을 질렀다. 그와 동시에 해명 고등학교 더그아웃에서 선수들이 물병을 들고 강동원을 향해 달려갔다.

선두에 있던 한문혁이 강동원을 향해 소리쳤다.

"동원아이! 이 새끼야! 너어⋯⋯."

반쯤 얼이 빠져 있던 강동원은 미처 도망치지 못했다. 덕분에 선수들에게 둘러싸여 물세례와 손바닥 세례를 받아야 했다.

'진짜야? 내가? 내가 해낸 거야?'

강동원은 모든 게 꿈만 같았다. 프로에서 제대로 꽃 피우지 못하고 끝나 버린 야구 인생에 대한 미련 때문에 이런 꿈을 꾸게 된 건 아닐까 싶었다.

하지만 기쁨에 겨워 날아든 선수들의 손바닥은⋯⋯ 엄청 아팠다. 너무 아파서 도저히 꿈같은 기분에 빠져 있을 수가 없었다.

"이 새끼들아! 작작 때리라고!"

참다못한 강동원이 버럭 소리를 내질렀다. 그러나 선수들은 이대로 강동원을 놔줄 생각이 없었다.

"동원아! 이 문디 자슥아!"

"싸랑한데이!"

악귀 같은 얼굴로 애정 어린 말을 내뱉으며 해명 고등학교 선수들이 강동원에게 달려들었다. 그 모습이 중계 카메라 속에 한참 동안이나 찍혀 나갔다.

─해명 고등학교 대 서린 고등학교. 서린 고등학교 대 해

명 고등학교의 봉황기 준결승전은 대타 강동원 선수의 끝내기 안타에 힘입어 해명 고등학교가 6 대 5, 한 점 차로 승리를 거두었습니다. 지금까지 캐스터 이우석.

　-아나운서 손혁수였습니다.

　-함께해 주신 시청자 여러분, 감사드립니다. 저희는 결승전 때 다시 찾아뵙겠습니다.

5장
그날 밤

1

화려한 네온사인 거리를 밝히고 수많은 사람이 거닐고 있었다. 왁자지껄 사람들의 웃음소리와 오늘 있었던 이야기를 꺼내놓으며 술 한 잔을 기울이고 있었다.

어느 식당 TV에는 베이스볼 데이가 방송되고 있었다. 아리따운 여자 아나운서가 나와 오늘의 야구 하이라이트와 내용에 대해서 설명을 하고 있었다.

그때 봉황기 준결승전에 대한 이야기가 흘러나왔다.

[참! 오늘 봉황기 준결승전이 열렸는데요. 그런데 아주 재미난 경

기가 벌어졌다고 합니다. 바로 해명 고등학교와 서린 고등학교의 대결인데요. 조승환 해설위원께서 설명해 주시겠어요?]

[네, 9회 말 투 아웃 1, 3루 상황에서 해명 고등학교가 대타 카드를 빼들었습니다. 그런데 놀랍게도 그 대타 카드가 바로 해명 고등학교의 에이스 강동원 선수였습니다.]

[그러니까 에이스 투수를 아웃 카운트 하나를 남겨두고 대타로 기용했다는 말씀이신 거죠?]

[그렇습니다. 다시 한번 말씀드리자면 강동원 선수는 해명 고등학교의 투수입니다. 그런데 박영태 감독은 그 중요한 상황에서 강동원 카드를 뽑았다는 겁니다. 정말 의외였죠!]

[저도 이야기를 듣고 무척 놀랐는데요. 아무래도 박영태 감독은 에이스 강동원 선수를 믿었던 거겠죠?]

[여러 가지 사정이 있겠지만 저 역시 그랬을 거라고 생각합니다. 그리고 강동원 선수는 박영태 감독의 믿음에 확실히 보답을 해주었죠. 풀카운트 접전 끝에 끝내기 2루타를 때려내며 6 대 5, 짜릿한 역전승을 안겨줬으니까요.]

[말씀만 들어도 그 상황이 궁금해지는데요. 그럼 지금부터 봉황기 준결승전 하이라이트를 같이 볼까요?]

여자 아나운서의 상큼한 목소리와 함께 TV 화면이 바뀌었다. 그리고 곧바로 하이라이트 영상이 나왔다.

상황은 5 대 4. 2사 주자 1, 3루 상황이었다.

볼카운트는 원 스트라이크 쓰리 볼.

김석기가 힘껏 내던진 공에 강동원이 헛스윙을 하는 장면이 펼쳐졌다.

"나 솔직히 동원이 점마 콱 뒈질 줄 알았다니까."

"말 마라. 내는 말도 안 나오더라."

"난 아예 딴 데 봤다꼬."

"문디 자슥, 퍽이나 자랑이다."

식당에서 밥을 먹고 있던 해명 고등학교 선수들이 돌아가며 한마디씩 했다. 그러면서도 그들의 시선은 TV에서 떨어지질 않았다.

그리고 잠시 후.

따악 하는 방망이 소리와 함께 카메라가 휙 하고 움직이자 선수들의 입에서 동시에 환호성이 터져 나왔다.

"크으으! 진짜 감동이다, 감동."

"동원아아아! 이참에 타자로 전향해 뿔자!"

"마, 치워라! 동원이 오면 누가 나갈 낀데?"

"니가 나가야지, 문디 자슥아. 니 오늘 엄청 못 치데?"

"뭐라는데? 오늘 니는 안타 몇 개 쳤는데?"

선수들이 한목소리로 떠들어 댔다. 그러다 주방에서 삼겹살이 나오자 언제 그랬냐는 것처럼 젓가락을 집어 들었다.

"자, 자! 주목! 감독님이 한 말씀 하신단다."

김명철 코치가 자리에서 일어나 분위기를 잡았다.

하지만 그보다 선수들의 움직임이 더 빨랐다. 불판 이곳저곳에서 삼겹살 익어가는 냄새가 피어올랐다.

"오늘 다들 수고 많았다. 그리고…… 마이 묵어라. 부족하면 더 시키고. 알았나?"

내심 일장연설을 준비했던 박영태 감독이 피식 웃으며 자리에 앉았다. 생고기라도 뜯어먹을 것 같은 선수들의 표정을 보고 있자니 무슨 말을 해도 들리지 않을 것 같았다.

그때부터 선수들은 걸신들린 것처럼 고기를 해치워 나갔다.

"이모요! 여기 4인분이요!"

"이모! 여기 고기 떨어졌심더!"

"이모! 아직 멀었심니꺼?"

"이모요! 밥 한 공기만 더 주이소~!"

사방에서 쏟아지는 주문에 배불뚝이 사장은 웃음을 감추지 못했다. 요즘 같은 불경기에 앉은 자리에서 삼겹살을 삼켜주고 있으니 이보다 더한 복덩이는 없었다.

그렇게 무려 120인분의 삼겹살을 해치우고 나서야 선수들은 젓가락을 내려놓았다. 그리고 기분 좋게 삼겹살집을 나섰다.

"니들 이게 끝이 아이다. 이번 결승전에서 이기믄 삼겹살이 아이라. 소고기를 사줄게!"

함께 자리한 후원회장이 우승 식사로 소고기를 내걸었다. 그 한마디에 나른했던 선수들의 표정이 달라졌다.

"진짜요? 진짜 소고기 사줄 겁니꺼."

"하모! 소고기가 문제겠나. 뭔들 못 사주겠어. 이기기나 해라. 다 사줄게!"

"와아아아아—!"

"대박! 소고기 묵을라면 진짜 이기야겠네."

"당연하지. 그럼 이기야지."

"내가 소고기 억수로 묵고 싶었는데……."

"니는 소고기뿐이겠나. 고기라믄 환장하믄서."

"그래도 내는 고기라면 다 좋다 아이가."

"으으으! 소고기를 위해 이 한 몸 불사르겠습니더."

후원회장이 흐뭇한 얼굴로 선수들을 바라봤다. 그러다 뒤늦게 신발을 신고 나온 강동원을 발견하고는 활짝 웃으며 말했다.

"동원아, 니만 믿는다."

대단한 말은 아니었지만 그 속에 담긴 기대감은 컸다.

"그래, 닌 우리 해명 고등학교의 에이스 아이가."

"최동원의 후예라면 당연히 이기겠지. 안 글나!"

"하모, 맞제."

"강동원이 나가면 이긴 거나 다름없제."

후원회장에 이어 후원회 사람들도 한마디씩 말을 보탰다. 그런 분위기가 솔직히 부담스러웠지만 강동원은 웃었다.

과거처럼 패배하고 나서 고개를 숙이는 것보다 이렇게 사람들의 기대 속에 결승전을 즐기는 게 백번 나았다.

무엇보다 과거가 달라졌다는 사실이 강동원은 기분 좋았다. 왠지 봉황기에서 우승할 것 같은 기대감이 들었다.

저녁 식사를 마치고 선수들은 뿔뿔이 흩어졌다. 강동원도 집으로 돌아왔지만 집 안은 어두컴컴했다.

"엄마! 자요?"

강동원이 거실의 불을 켰다. 오늘 이겼다는 사실을 어머니에게 알려주고 싶었다.

하지만 집 안 어디에서도 사람의 온기가 느껴지지 않았다.

"아직 안 오신 건가?"

강동원이 시계를 쳐다보며 혼잣말을 중얼거렸다. 어머니가 환하게 웃으며 자신을 반겨주길 바랐는데 텅 빈 집 안을 보고 있자니 살짝 서운한 마음도 들었다.

"이럴 게 아니라 어머니한테 가보자."

강동원은 야구 가방을 거실에 내려놓고 다시 밖으로 나갔다. 옷도 갈아입지 않은 상태로 골목을 나와 어머니가 계신 가게로 향했다.

빠른 걸음으로 도착한 어머니의 가게는 아직까지 불이 밝게 켜져 있었다.

드르륵!

강동원이 문을 열고 가게 안으로 들어갔다. 구석진 테이블에는 지난번에 봤던 그 진상 대머리 아저씨가 혼자 앉아 있었다.

자연스럽게 강동원의 얼굴이 일그러졌다.

'뭐야, 저 인간. 또 왔네.'

강동원은 그 대머리 아저씨를 한 번 째려보고는 곧장 어머니가 있는 곳으로 갔다. 강동원이 올 줄 전혀 몰랐던지 어머니가 깜짝 놀란 표정을 지었다.

"이 시간에 웬일이니?"

"웬일은요. 엄마하고 같이 집에 가려고 왔죠."

"응? 나하고?"

"네. 끝날 때 되었죠? 어서 가요."

어머니가 벽에 걸린 시계를 쳐다보았다. 시간이 어느덧 12시가 다 되어가고 있었다.

"벌써 시간이……. 그래야겠다."

어머니는 앞치마를 벗었다. 그리고 혼자 구석에 앉은 아저씨를 보며 말했다.

"이 사장님, 오늘은 여기까지만 하세요. 시간도 늦었고 저희 아들 녀석이 저 데리러 왔네요. 아무래도 가게 문 닫고 가봐야 할 것 같아요."

"응? 벌써? 이봐, 김 여사. 한 잔만, 딱 한 잔만 더 하고."

아저씨는 벌써 혀가 꼬여 발음이 새고 있었다. 그런 아저씨를 어머니는 익숙하게 대처하셨다.

"에이, 벌써 3병째 드셨잖아요. 그만 드시고 어서 들어가세요. 저도 오랜만에 아들이랑 함께 집에 가야겠어요."

"아들?"

아저씨는 눈이 반쯤 풀린 상태로 힐끔 강동원을 보았다. 188㎝나 되는 건장한 체격과 야구부 복장을 한 강동원은 술 취한 아저씨의 눈에도 범상치가 않게 느껴졌다.

"그, 그래야겠군."

대머리 아저씨는 잔에 담긴 술을 단숨에 들이켜고는 자리에서 일어났다. 그러다 강동원과 눈이 마주치자 슬그머니 시선을 돌렸다.

"커억, 김 여사. 아들 하나는 잘 뒀네."

"호호호, 그렇죠?"

"암튼 잘 먹고 가네."

대머리 사내가 쫓기듯 식당을 나섰다. 돌부리에 걸렸는지 잠시 우당탕 하는 소리가 들렸지만 강동원은 눈 하나 까딱하지 않았다.

"엄마, 여긴 내가 정리할게요."

"놔둬. 피곤하잖아."

"엄마는 주방이나 정리하세요. 그래야 빨리 가죠."

"그럼 그럴까?"

강동원은 능숙하게 가게 정리를 도와주었다. 어머니는 그런 아들을 잠깐 동안 바라보다가 입을 열었다.

"축하해, 아들."

"뭘요?"

"뭐냐니. 오늘 우리 아들 학교가 준결승전에서 이겼잖니. 그것도 우리 아들의 끝내기 안타로 말이야."

어머니의 칭찬에 강동원은 살짝 기분이 좋았다. 하지만 애써 담담한 척 말했다.

"에이, 뭘 그걸 가지고……."

"그거라니, 얼마나 대단한데. 오늘 우리 가게 오는 손님마다 우리 아들 얘기였어. 엄만 얼마나 기뻤는데. 그리고 또 얼마나 자랑스러운지 아니?"

어머니의 말에 강동원은 저도 모르게 살짝 부끄러워졌다.

가게 때문에 바빠서 자신에게 별 관심이 없다고 여겼던 어머니가 경기 결과만큼은 꼬박꼬박 알아보시는 모양이었다.

"그런데 우리 아들, 공만 잘 던지는 줄 알았는데. 타격에도 소질이 있을 줄은 몰랐네."

"에이, 운이 좋았던 거예요. 근데, 엄마."

"응?"

"저 대머리 아저씨는 매일 저렇게 늦게까지 술 먹고 가요?"

"누구? 이 사장님?"

"네."

"그냥 일주일에 서너 번 정도? 왜?"

"아니, 그냥……."

강동원이 고개를 돌려 말을 얼버무리자 어머니가 웃으며 말을 이었다.

"너 혹시…… 이 사장님이 신경 쓰이는 거니?"

어머니의 말에 강동원이 움찔했지만 이내 고개를 가로저었다.

"아니에요. 그냥 손님이잖아요?"

"이 사장님 신경 쓰지 않아도 돼. 술을 좋아하셔서 그렇지 좋은 분이야. 여기 가게도 이 사장님 덕에 싸게 얻었잖니."

"알아요. 그냥 궁금해서 물어본 거예요."

강동원이 애써 시선을 피했다. 그러자 어머니가 어느새 다가와서는 강동원의 엉덩이를 툭툭 손으로 두드렸다.

"으이구, 내 새끼! 우리 아들 다 컸네."

"아이참, 엄마! 다 큰 아들 엉덩이를……."

"내 새끼, 엉덩이 만지는데 뭐 어때서."

어머니는 재차 엉덩이를 두드렸다.

"하지 말라니까."

"왜? 계속할 건데?"

"이씨, 몰라."

얼굴이 빨개진 강동원이 후다닥 가게를 나가 버렸다. 그런 아들의 모습을 흐뭇하게 바라보며 어머니도 불을 끄고 가게를 나왔다.

"엉덩이 안 때릴 테니까 이리 와."

"정말이죠?"

"그래, 오랜만에 엄마랑 같이 걷자."

어머니는 강동원과 팔짱을 끼고 나란히 걸었다. 예전 같았으면 질색했겠지만 강동원도 가만히 어머니의 체온을 느꼈다.

"야구 힘들지? 너무 힘들면 무리하지 않아도 돼."

한참을 걷던 어머니가 나직이 입을 열었다. 강동원이 갑자기 찾아온 게 정말로 고민이 있어서라고 생각한 모양이었다.

"힘들지 않아요."

"그러니?"

"그럼요."

"그럼 됐고. 엄만 우리 동원이가 그냥 건강히만 자라줘도 괜찮아."

"엄마도 참. 저 원래 건강해요."

어머니는 강동원이 마지못해 야구를 하는 건 아닐까 늘 걱정했다. 야구를 처음 시작한 것도 아버지의 고집스러운 권유 때문이었다.

물론 강동원도 아버지가 하자고 하니 마지못해 야구를 시작하긴 했다. 하지만 지금의 강동원은 야구밖에 몰랐다. 과거로 돌아온 이후는 더 절실해졌다.

'어머니, 걱정 마세요. 이번에는 예전처럼 멍청하게 살지 않을게요.'

강동원이 속으로 강하게 다짐했다. 그렇게 잠깐 걷던 강동원이 어느 한곳을 가리키며 말했다.

"엄마, 저기 짓고 있는 아파트 보이죠?"

어머니는 깜깜했지만 저만치 큼지막하게 올라가는 아파트를 보았다.

"저기 크게 솟은 아파트 말이니?"

"네, 예쁘지 않아요?"

"예쁘긴 한데, 왜? 아들이 사준다고?"

"못 사드릴 것도 없죠!"

"정말?"

"두고 봐요. 내가 꼭 저기서 살게 해드릴 테니까요."

강동원의 강한 어조로 자신감 있게 말했다. 그런 아들의 말투에 어머니는 피식 웃고 말았다.

"아이고, 됐네요. 나중에 여친 생겼다고 엄마 푸대접이나 하지 마라."

그 말을 듣는 순간 강동원은 자신도 모르게 움찔 몸을 떨었다. 불현듯 자신의 숨겨왔던 과거가 판도라 상자처럼 열린 것이다.

그나마 자그마한 인기를 누리던 시절 강동원은 매번 클럽에 가서 여자들이랑 노느라 어머니를 신경조차 쓰지 않았다. 그때를 생각하니 부끄럽고, 죄송한 마음이 한가득했다.

"에이, 이번엔 안 그럴게요."

그렇게 말을 하며 어머니 뒤에서 꼭 끌어안았다. 그런데 어머니의 표정이 이상했다. 고개를 갸웃하더니 몸을 돌려 강동원을 바라보았다.

"무슨 말이니? 이번엔…… 이라니? 너 설마……."

그 말을 듣는 순간 강동원의 눈이 크게 떠졌다. 그는 손을 들어 빠르게 저었다.

"아니, 아니에요. 말이 헛 나온 거예요."

"너, 바른 대로 말해. 그동안 야구 안 하고 여자 만나고 다녔니?"

"아니라니까."

"그래서 감독 선생님한테 혼난 거야? 그런 거야?"

"에이, 진짜 아니라니까요. 엄마는 아들을 그렇게 못 믿어요?"

"믿지, 믿어. 그런데⋯⋯."

어머니는 여전히 의심스러운 눈빛으로 강동원을 보았다.

하지만 강동원도 억울하긴 마찬가지였다. 이미 존재하지 않은 일인데 그걸 가지고 이실직고할 수도 없었다.

"엄마아─!"

"그래. 알았다, 알았어. 우리 아들이 아니라는데 내가 믿어야지."

어머니는 다시 아들 강동원의 팔짱을 끼었다. 그렇게 두 모자는 어두운 밤 골목을 떠들썩하게 만들며 천천히 집으로 올라갔다.

밤하늘 높게 떠 있는 보름달이 오늘 따라 유난히 밝게 빛나고 있었다.

6장
봉황기 결승전(1)

1

다음 날.

"강동원 선수!"

스트레칭을 하고 있던 강동원의 뒤통수에서 낯익은 목소리가 들렸다.

강동원이 반사적으로 고개를 돌렸다. 그곳에는 고등학교 시절부터 자신에게 호의적인 기사를 써주었던 김상식이 손을 흔들고 서 있었다.

"아, 김 기자님!"

강동원 표정도 밝아졌다. 과거로 돌아온 지금이야 그리 오랜만에 만난 건 아니겠지만 느낌은 꼭 십여 년 만에 다시 본 기분이었다.

"김 선배하고 정말 친한가 보네요."

강동원이 기대 이상으로 반기자 사진기를 들고 있던 곽일구가 부럽다는 표정을 지었다.

김상식이 무작정 강동원의 인터뷰를 하겠다고 했을 때는 될까 싶었는데 강동원의 표정을 보니 충분히 가능할 것 같았다.

"짜샤, 내가 뭐랬냐?"

김상식이 어색한 서울 말투로 말했다. 그러고는 강동원에게 다가오라고 손짓을 보냈다.

"여기까지 어쩐 일이세요?"

강동원이 군말 없이 다가와 물었다.

"어쩐 일은. 우리 인터뷰 좀 하자."

김상식이 당연한 걸 묻는다며 웃었다.

"아……."

강동원이 슬쩍 박영태 감독 쪽을 바라봤다. 강동원을 부른 김상식의 목소리를 들은 것일까.

박영태 감독이 슬쩍 손목시계를 살피더니 손가락 다섯 개를 펴 보였다.

5분.

물론 정말로 5분 만에 인터뷰를 끝내라는 소리는 아니었다. 다른 애들 기죽지 않게 적당히 끝내라는 사인이었다.

"길게는 못 할 거 같아요."

강동원이 김상식을 바라봤다.

"오래 안 걸릴 거야."

김상식이 곧바로 자신의 주머니에서 녹음기를 꺼내었다.

"자, 이제 시작할게."

"네."

"혹시 녹취 기록이 나갈 걸 대비해서 지금부터는 존댓말할 거야. 내 말 무슨 소리인지 알지?"

"네."

강동원이 고개를 끄덕였다. 김상식 기자도 곧바로 기자 모드로 들어갔다.

"지금부터 지난 경기 결승타의 주인인 해명 고등학교의 에이스 강동원 선수와의 인터뷰를 시작하겠습니다. 먼저 축하합니다!"

"네, 감사합니다."

"준결승전에서 선발 투수로 나오지는 않았지만 후반, 그것도 9회말 2사 이후에 대타로 나와서 결승타를 날렸습니다. 덕분에 팀이 결승전에 올랐는데요. 결승타를 친 소감은 어떻습니까?"

"기분 좋죠. 저희 팀이 결승전에 올라갔잖아요. 지금은 모든 것이 꿈만 같아요."

강동원이 솔직히 말했다. 어젯밤에도 잠들기 전에 이 모든 게 꿈이면 어떻게 하나 걱정을 했을 정도였다.

하지만 김상식은 강동원이 녹음 중이라 지나치게 겸손해 한다고 여겼다.

"9회말 2아웃이었습니다. 자신이 대타로 나올 것이라 예상은 했습니까?"

"아뇨, 전혀 예상 못 했습니다. 감독님이 절 부르시는데 저도 깜짝 놀랐거든요. 이 상황에서 내가 대타로 나갈 것이라고는 전혀 생각하지 않았으니까요."

"그런데 박영태 감독님은 강동원 선수를 선택했습니다. 그때는 기분이 어땠습니까?"

"부담스럽지 않았다면 거짓말이겠죠. 하지만 대타로 나왔으니 팀의 일원으로서 팀에 보탬이 되어야겠다는 생각이 가장 컸습니다. 다행히 팀에 도움이 되어서 저도 기쁩니다."

김상식이 가볍게 고개를 끄덕였다. 정석적이긴 하지만 강동원의 인터뷰 내용이 나쁘진 않았다.

하지만 이런 뻔한 이야기만으로는 독자들의 흥미를 유발시키기 어려웠다.

"지금부터는 조금 민감한 질문을 하겠습니다. 사실 일각에서는 준결승전 등판을 하지 않은 것이 부상 때문이라는 소문이 있었는데요. 정말 그런 것입니까?"

김상식이 살짝 걱정스런 표정으로 물었다. 강동원이 정말 부상이라면 결승전의 활약이 불투명할 수밖에 없었다.

그러자 강동원이 냉큼 고개를 가로저었다.

"소문처럼 심각한 부상은 아닙니다. 다만 그동안 무리해서 투구를 했기에 감독님께서 휴식 차원에서 준결승전에 쉬게 해주셨습니다."

"박영태 감독님이요?"

"네, 선수들을 친아들처럼 챙기시는 분이라서요."

"하하, 그래요? 그럼 결승전에서 던지는 건……?"

"네, 문제없습니다."

강동원이 단단히 고개를 끄덕였다. 경기 결과가 어떻게 될지는 모르겠지만 지금 컨디션이면 결승전 마운드에서 최선을 다할 수 있을 것 같았다.

"그래도 준결승전에서 던지지 못한 게 좀 아쉽지 않나요?"

김상식이 다시 물었다. 결과론이긴 하지만 강동원이 던졌다면 해명 고등학교가 조금 더 수월하게 결승에 올랐을 것 같았다.

강동원은 신인 드래프트 1차 지명이 충분한 재목이었다. 강동원 정도 되는 투수를 데리고 있는 고교 야구팀은 한 손에 꼽힐 정도였다.

그러나 한 차례 이기적인 미래를 경험한 강동원은 냉큼 고개를 저었다.

"우성이도 저 못지않은 좋은 투수입니다. 감독님은 물론이고 저도 우성이가 잘 던져줄 거라 믿었습니다."

"그래요? 그럼 말이 나와서 하는 말인데 정우성 선수의 투구에 대해 평가한다면?"

"제가요? 하하, 저도 같은 학년인데요."

강동원이 어색하게 웃었다. 하지만 김상식은 집요하게 녹음기를 들이밀었다.

"그냥 팀의 에이스로서 보고 느꼈던 것을 말씀해 주세요."

"음…… 일단 우성이는 팀에 꼭 필요한 투수입니다. 좌완이라는 이점도 있고 제구도 안정적이고요. 조금 갑작스럽게 선발 통보를 받았는데도 강호 서린 고등학교를 상대로 최선을 다했다고 생각합니다. 솔직히 제가 던졌더라도 우성이보다 잘 던질 자신은 없습니다."

강동원이 거의 쥐어짜 내듯 정우성을 칭찬했다. 정우성이 대신 선발로 나서준 건 고마웠지만 그렇다고 정우성에 대해 입에 발린 말들을 쏟아낼 만큼 친한 사이는 아니었다.

하지만 강동원의 표정만으로도 알겠다는 듯 김상식은 웃음을 감추지 못했다.

"알겠습니다. 그럼 마지막으로 결승전에 임하는 각오 한 마디 해주세요."

"결승전에 오른 만큼 최선을 다해 꼭 이기도록 하겠습니다."

"네, 감사합니다. 지금까지 결승타의 주인공인 강동원 선수와 인터뷰 나눴습니다."

마무리 멘트를 끝으로 김상식이 녹음기를 껐다. 동시에 강동원의 입에서도 한숨이 흘러나왔다.

"고맙다. 여기까지 기사로 잘 정리해서 낼게. 알았지?"

김상식이 녹음기를 집어넣으며 말했다.

"네, 잘 부탁드려요."

강동원이 씩 웃었다. 기자들의 특성상 약간의 MSG가 첨가되겠지만 김상식이라면 말도 안 되는 기사를 내보내진 않을 터였다.

"그건 그렇고 너 다시 봤다. 어떻게 그 상황에서 그걸 때렸냐? 난 솔직히 너 삼진 당할 줄 알았거든."

"솔직히 저도 죽을 각오로 휘두른 거예요."

"그런데 그게 우익수 키를 넘겼으니 이건 운이 좋았다는 말로는 설명이 어려워. 따로 타격 연습 하고 있는 거야?"

"하하, 아니요. 방망이 놓은 지 오래됐는데요."

"그런데 그걸 쳤다고? 김석기가 던진 그 공 구속이 149였어. 고교 레벨의 패스트볼이었다고는 하지만 그걸 제대로 받아치는 거 쉽지 않아."

"에이, 그만 띄워주세요. 어지러워요."

"하하, 그럼 그럴까? 그건 그렇고 너 결승전에는 확실히 나오는 거지?"

김상식이 화제를 바꿨다. 저 멀리서 박영태 감독이 이쪽을 힐끔거리는 게 최대한 빨리 인터뷰를 마쳐야 할 것 같았다.

"네! 푹 쉬었으니까 단디 던져야죠."

"그래, 단디 던져야지! 기대할게. 아참, 결승전에 덕선고가 올라온 것은 알고 있지?"

"네, 알고 있어요."

"그런데 동열이는 못 나올 거 같더라."

"그래요?"

강동원이 의외라는 투로 말했다. 하지만 그의 얼굴은 조금도 놀란 구석이 없었다.

중학 야구 시절 리틀 최동원과 선동열이라 불릴 정도로 강동원과 강동열의 재능은 빼어난 편이었다.

강동원이 2학년 때부터 팀의 에이스로 활약했듯 강동열도 올 시즌 선발 투수로 나서서 덕선 고등학교를 홀로 이끌고 있었다.

하지만 강동원의 해명 고등학교와는 달리 덕선 고등학교

는 투수 자원이 넘쳐 났다. 감독이 강동열의 재능을 높이 평가한다 해도 3학년들을 제치고 무조건 강동열만 중용할 수는 없었다.

"뭐 따로 들은 거라도 있어?"

강동원의 표정이 미묘해지자 김상식이 캐묻듯 물었다.

"아뇨, 보통 동열이 선발이면 작은아버지께 전화가 오는데 연락이 없으셔서 못 나올지도 모르겠다고 생각했어요."

강동원이 에둘러 말했다. 그렇다고 친척 동생의 일에 '그것이 2학년 투수의 현실입니다'라는 말을 할 수는 없는 노릇이었다.

"기자님, 저 이만 가 봐야 할 것 같아요."

"잠깐만! 마지막으로 하나만 더 물어보자. 올 시즌 끝나면 어떻게 할 거냐?"

김상식이 다시 한번 강동원을 붙잡았다.

"글쎄요, 아직 생각해 보진 않았는데요."

"생각을 안 해봤다니? 너 3학년이잖아. 미리미리 생각해 두어야지. 너 정도면 충분히 자이언츠에서 1차 지명이 들어올 거라고. 아마 몇몇 구단이 움직이고 있을걸?"

김상식의 말처럼 프로 구단의 스카우터들은 강동원을 예의 주시하고 있었다. 특히 경남 지역 야구단인 자이언츠와 다이노스에서 강동원을 노리고 있다는 소문이 파다한 상태였다.

그 소문이 진짜인지 가짜인지는 확실치 않았다. 하지만 그들의 움직임이 심상치 않다는 것은 김상식 기자도 알고 있었다. 그래서 강동원을 살짝 떠보는 것이었다.

그러나 강동원은 애써 웃어넘겼다.

"제 주제에 무슨 1차 지명이에요."

"왜? 넌 패스트볼도 좋지만 무엇보다 커브가 최고잖아. 웬만한 프로 선수보다 커브가 좋던걸."

"하하, 김 기자님만 그렇게 생각하실걸요?"

"나만 생각하다니! 네 커브는 작년 재작년 졸업생들 통틀어 최고야. 내가 장담한다니까?"

"그렇게 봐주셔서 감사합니다."

강동원은 살짝 쑥스러워졌다. 커브에 대해 자부심을 가지고 있었지만 김상식의 입을 통해서 듣다 보니 더 기분이 좋았다.

"어쨌든 내가 보기에는 부산을 연고로 한 자이언츠나 다이노스 쪽에서 지명할 가능성이 높은 거 같은데 어때? 넌 어느 쪽이 댕겨?"

분위기가 무르익자 김상식이 훅 하고 찔러 들어왔다.

"글쎄요……."

강동원은 어색한 웃음과 함께 대답을 회피했다. 사실 과거에는 군말 없이 자이언츠를 가겠다고 말을 했었다. 주변에서 자이언츠에 가야 한다고 하도 성화라 자이언츠에 가지 않으면 큰일이 날 것만 같았다.

하지만 지금은 잘 몰랐다. 과거에 한번 데여서인지 자이언츠에 대한 로망은 사라진 지 오래였다.

그렇다고 다이노스를 선호하는 건 아니었다. 다이노스도 결국은 한국의 프로 구단이었다. 자이언츠와 크게 다를 것 같다는 생각은 들지 않았다.

무엇보다 아직 결승전에서 뭔가를 보여주지도 못했는데 벌써부터 특정 프로 구단을 운운하는 건 시기상조라고 여겼다. 그러나 김상식은 강동원이 말을 아끼는 이유를 다른 곳에서 찾았다.

"혹시 동원이 너도 메이저리그로 갈 생각이냐?"

"메이저리그요?"

"그래, 메이저리그. 동열이도 지난번에 얼핏 메이저리그 이야기하던데…… 너도 그런 거였어?"

"에이, 제가 무슨 메이저리그예요."

강동원이 손사래를 쳤다. 야구 선수라면 누구나 다 메이저리그 진출을 목표로 삼겠지만 그건 프로에서 성공한 다음의 문제였다.

고등학교 졸업하고 곧바로 메이저리그에 갈 수 있을 거라는 생각은 단 한 번도 해보지 않았다.

그러나 김상식의 생각은 달랐다.

"네가 어때서? 올 한 해 부족한 점을 보완한다면 못 갈 것도 없지."

물론 반쯤 친분 때문에 해준 말이겠지만 강동원은 저도 모르게 가슴이 콩닥콩닥 뛰었다.

'내가 메이저리그에 간다고?'

김상식과 헤어지고 동료 선수들과 러닝을 하는 내내 강동원은 메이저리그 진출을 상상했다.

정말로 실력을 인정받고 메이저리그에 갈 수 있다면, 그래서 세계 최고의 선수들과 당당히 어깨를 나란히 할 수만 있다면 얼마나 좋을까.

만약 예전 같았다면 허황된 꿈이라며 고개를 저었을 것이다. 하지만 과거로 돌아온 지금이라면…… 한 번쯤 꾸어도 될 것 같았다.

⚾

"올해는 어째 쓸 만한 선수가 없네."

"그러게 말입니다. 다들 고만고만해서……."

아직 신인 드래프트까지는 여유가 있었지만 각 구단은

1차 지명 선발에 열을 올리고 있었다.

특히나 자이언츠는 분주했다. 오래전부터 1차 지명 후보로 여겼던 강동원의 부상 소식 때문에 새롭게 대체 선수를 찾느라 정신이 없었다.

"그냥 강동원으로 밀고 가면 안 될까요?"

"안 될 건 없는데 그러다 탈나면? 네가 책임질 거야?"

"그렇게 따지면 멀쩡한 투수가 어디 있겠습니까? 고등학교고 대학교고 전부 애들 혹사시키는데."

"그러니까 잘 찾아봐야지. 탈 없이 잘 던질 놈으로."

스카우트 단장이 미간을 찌푸렸다. 1차 지명 선수에게 안겨 주는 계약금만 1억이 훌쩍 넘었다. 강동원처럼 퍼펙트게임 피처라는 타이틀이 달린 투수는 추가로 프리미엄까지 붙었다.

거기에 연봉까지 더하면 거의 대부분의 1차 지명 선수가 2억 이상을 받았다.

프로에서 그 정도 연봉을 받으려면 최소 4년 이상 주전급 활약을 펼쳐야 했다. 그 돈을 단순히 가능성 하나만으로 안겨 줘야 하니 가능하면 탈이 안 나는 상품을 골라야 했다.

하지만 아무리 살펴봐도 강동원만 한 선수는 보이지 않았다.

"그냥 강동원 하시죠?"

"네, 괜히 이러다 다른 구단에서 채갈지도 모릅니다."

"위즈가 강동원 노린다는 소문도 있다고요."

1차 우선 지명이 끝나면 그다음부터는 전년도 순위 역순으로 2차 지명이 시작된다.

강동원의 어깨 상태가 시원찮다는 소문이 나돌긴 했지만 정말로 탈이 나지 않는 이상 2차 2순위 이전에 강동원이 지명될 거라는 게 스카우터들의 공통된 의견이었다.

그 점에 대해서 스카우트 팀장도 이견은 없었다. 다만 어깨 부상을 당한 강동원에게 기존에 책정했던 금액만큼 계약금을 안겨줄 수는 없다는 게 달라진 입장이었다.

자이언츠가 정말로 강동원을 냉정하게 살피려면 강동원을 대체할 만한 자원을 찾아야 했다. 그래야 그 선수를 빌미로 강동원의 진짜 가치를 측정할 수 있었다.

"찾아봐! 있을 거야. 강동원보다 나은 놈이!"

스카우트 팀장이 닦달하듯 소리쳤다.

"후우……. 이러다 강동원 다른 구단에 빼앗기는 거 아냐?"

"내 말이. 빡쳐서 메이저리그 간다고 하는 거 아닌가 모르겠네."

스카우터들의 입에서 절로 볼멘소리가 흘러 나왔다.

　─전국에 계신 야구팬 여러분, 안녕하십니까. 지금부터 해명 고등학교 대 덕선 고등학교, 덕선 고등학교 대 해명 고등학교의 봉황기 고교 야구 결승전 경기를 중계하도록 하겠습니다. 저는 캐스터 이우석 그리고 제 옆에는 오늘도 어김없이 손혁수 해설위원님께서 함께하고 계십니다. 안녕하십니까, 손 위원님.

　─네, 안녕하십니까.

　─어느덧 봉황기 고교 야구가 끝을 향해 달리고 있습니다.

　─그러게 말입니다. 봉황기 시작이 엊그제인 것 같았는데, 벌써 결승전입니다. 정말 시간이 훌쩍 지나간 것 같습니다.

　─이번 대회도 여느 대회 못지않게 재미있는 경기가 많았는데요. 그중에서도 오늘 맞붙을 두 팀의 준결승전에 대해서 말씀을 나누고 가지 않을 수가 없겠습니다.

　─덕선 고등학교는 2학년 투수 강동열의 호투가 돋보였습니다. 고교 야구에서 한 학년 어린 선수가 선배들을 힘으로 이기기가 쉽지 않은데 강동열 선수는 나이가 전부가 아니라는 걸 확실히 보여줬습니다.

　─아쉽게도 오늘 강동열 선수는 선발 출전하지 못했는데요.

-지난 경기에서 많은 공을 던졌으니 휴식 차원에서 내린 결정이라고 생각합니다. 하지만 경기 후반이 되면 짧게나마 얼굴을 내비칠 가능성이 높겠죠.

　-해명 고등학교의 경기는 경기가 끝날 때까지 손에 땀을 쥐게 만들었는데요.

　-저는 해명 고등학교와 서린 고등학교의 준결승전을 보면서 '야구는 9회말 2아웃부터다'라는 말이 떠올랐습니다.

　-메이저리그 전설적인 포수 요기베라 선수도 비슷한 말을 남겼죠. '끝날 때까지 끝난 것이 아니다'라고요

　-그렇습니다. 개인적으로 해명 고등학교가 이 두 가지 명언이 왜 나왔는지를 어김없이 보여줬다고 생각합니다.

　-손 위원님의 말씀에 동감합니다. 무엇보다 투수로만 여겼던 강동원 선수의 대타 작전이 압권이었는데요. 해명 고등학교의 감독인 박영태 감독의 용병술이 제대로 맞아떨어졌습니다.

　-그렇습니다. 누가 대타로 강동원 선수를 내보낼 것이라 생각을 했겠습니까? 저도 그 당시는 의아했었는데 지금 생각해 보니 박영태 감독의 신의 한 수였던 것 같습니다.

　-신의 한 수! 확실히 그 말이 딱 어울리는 것 같습니다. 그럼 오늘 경기에서도 박영태 감독의 신의 한 수를 볼 수 있을까요?

-하하하, 저도 기대가 됩니다.

-네, 그럼 두 학교의 라인업을 살펴보도록 하겠습니다. 역시 해명 고등학교는 에이스 강동원 선수가 나왔습니다.

-당연한 얘기죠. 해명 고등학교를 이야기하면서 에이스 강동원 선수를 빼놓을 수는 없습니다. 지난 준결승전 때 휴식 차원에서 결장하긴 했지만 오늘 선발 등판한 걸 봐서는 항간에 떠돌 만큼 심각한 부상을 입지는 않은 것으로 판단됩니다.

-만약 오늘 경기를 위해 강동원 선수를 아낀 거라면 박영태 감독의 선견지명이라고 봐야 할 것 같습니다.

-하하하. 네, 맞습니다. 강동원을 대타로 기용한 박영태 감독이라면 오늘 경기를 염두에 두고 에이스에게 휴식을 줄 수도 있었을 것 같습니다.

-한편 덕선 고등학교의 선발은 송일섭 선수인데요.

-3학년 우완 투수입니다. 올 초부터 2학년 강동열 선수가 덕선 고등학교의 실질적인 에이스 노릇을 해왔지만 송일섭 선수도 강동열 선수 못지않은 공을 던지는 선수입니다.

-모르시는 분들을 위해 조금 더 자세히 말씀해 주신다면요?

-우완 정통파 투수로 포심 패스트볼 구속은 140킬로 후반까지 나옵니다. 좌타자 몸 쪽을 파고드는 슬라이더도 아주

일품인 투수입니다.

 -강동열 선수가 두각을 나타내기 전까지는 덕선 고등학교의 에이스로 기대 받던 선수였는데요.

 -에이스의 칭호를 한 학년 어린 강동열 선수에게 뺏긴 만큼 이번 결승전을 통해 자신이 에이스라는 것을 다시 입증하려 노력할 것 같습니다.

 -덕선 고등학교의 타자 라인업을 어떻습니까?

 -준결승전과 큰 변화는 없습니다. 1번 타자부터 9번 타자까지 짜임새 있는 타선을 구축하고 있습니다. 특히 4번 타자 최태식 선수를 주목할 만한데요. 이번 대회에서 홈런은 많지 않지만 타점 생산능력이 매우 탁월합니다. 주자가 루상에 나가 있을 때 타율이 무려 4할이 넘습니다.

 -그 만큼 득점권에서 집중력이 뛰어나다는 이야기인데요.

 -그렇습니다. 오늘 해명 고등학교 선발 강동원 선수가 최태식 선수를 어떻게 상대하느냐에 따라서 경기 결과가 달라질지도 모르겠습니다.

 -4번 타자 최태식 선수도 주의해야겠지만 덕선 고등학교가 자랑하는 테이블 세터도 신경을 써야 할 텐데요?

 -2번에 배치된 조창식 선수와 3번 타자 한현민 선수 모두 타격 센스가 좋고 발이 빠른 타자들이죠.

-두 선수 모두 이번 대회 출루율이 4할이 넘는데요.

　-테이블 세터를 내보내면 곧바로 최태식 선수에게 찬스가 걸릴 가능성이 높습니다. 그러니 강동원 선수는 조창식 선수와 한현민 선수도 신경을 써야겠습니다.

　-이렇게 보면 덕선 고등학교 타자들 모두를 조심해야 하는 분위기인데요. 어느 하나 만만한 곳이 없어요.

　-그것이 덕선 고등학교가 왜 강호인지, 왜 우승 후보 0순위인지 알려주는 대목이겠죠.

　-결국 창과 방패의 대결, 이런 느낌이란 말씀인데요.

　-그런 점에서 개인적으로 한 가지 아쉬운 것이 있습니다.

　-네? 뭐죠?

　-덕선 고등학교에서 강동열 선수가 나왔으면 좋았을 텐데 하는 아쉬움을 지우기 어렵습니다. 사촌 형인 강동원 선수와 맞대결을 펼치면 아주 재미있는 투수전이 될 것만 같았는데 말이죠.

　-생각해 보니 그러네요. 두 선수가 결승전에서 던지면 정말 재미난 경기가 될 것인데 말이죠.

　-하하. 그저 개인적인 바람이었을 뿐입니다.

　-말씀 드리는 순간, 경기가 시작되려 합니다.

　이우석 캐스터의 말과 동시에 중계 카메라가 야구장을 비쳤다. 어느새 야구장에는 모든 야수가 자리를 잡고 있었다.

마운드에는 덕선 고등학교 3학년 송일섭이 서 있었다.

지난 준결승전에서 푹 쉰 덕분인지 컨디션은 상당히 좋은 상태였다. 그러나 송일섭의 속은 그리 편치 않았다. 덕선 고등학교 응원석에 걸린 강동열을 응원하는 플래카드 때문이었다.

'쳇! 여기고 저기고 죄다 강동열뿐이야. 짜증 나게. 덕선 고등학교의 에이스는 누가 뭐래도 나라고! 나!'

송일섭이 짜증스럽게 로진백을 주물렀다. 그러면서 슬쩍 전광판을 바라봤다.

해명 고등학교 라인업 가장 밑에 강동원이라는 이름이 눈에 들어왔다.

강동열의 사촌이라던, 겁도 없이 제2의 최동원을 운운하는 녀석이 하필이면 자신의 맞상대로 이름을 올린 상태였다.

'강동원…… 너 이 새끼! 오늘은 내가 널 박살 낸다.'

송일섭의 시선이 강동원이 몸을 풀고 있을 불펜 쪽으로 움직였다. 비록 말 한 번 섞어본 적 없는 사이이긴 했지만 송일섭은 강동원이 싫었다.

자신보다 주목받는 것도 짜증인데 재수 없는 강동열과 친척이라니 도저히 용서가 되지 않았다.

그사이 해명 고등학교 1번 타자 최영기가 타석에 들어

왔다.

'저 녀석, 2학년이라고 했지?'

최영기의 프로필을 확인한 송일섭의 눈매가 굳어졌다.

강동열도 2학년, 최영기도 2학년이다. 같은 학년이라는 이유만으로도 최영기를 꼭 잡아내고 싶었다.

'시원하게 던져봐.'

포수 박하선이 한복판으로 미트를 들어 올렸다. 2학년들은 초구에 쉽게 방망이를 내밀지 않는다는 점을 역으로 이용한 볼 배합이었다.

"좋아."

송일섭이 박하선의 미트를 향해 힘껏 공을 던졌다.

퍼엉!

박하선의 예상대로 최영기는 한복판 포심 패스트볼을 그냥 지켜만 봤다.

물론 최영기의 표정은 좋지 않았다. 단단히 약이 오른 듯 방망이를 힘껏 움켜쥐었다.

'그럼 하나쯤 빼보자.'

박하선은 바깥쪽으로 미트를 움직였다. 최영기가 어떤 공을 노리고 있는지 확인해 보고 싶었다.

퍼엉!

송일섭이 던진 공이 순식간에 박하선의 미트 속에 빨려들어 갔다. 스트라이크존에서 공 한 개 정도 벗어난, 아슬아슬한 코스였다.

하지만 이번에도 최영기는 꿈쩍도 하지 않았다. 작전이 나온 건지 개인의 취향인지는 몰라도 몸 쪽 코스를 노리고 있는 게 틀림없어 보였다.

'좋아, 그렇다면……'

박하선이 3구째 사인을 냈다. 송일섭도 마음에 든다며 고개를 주억거렸다.

"후우……"

길게 숨을 내쉬며 송일섭이 투구 동작에 들어갔다.

후앗!

송일섭이 내던진 공이 최영기의 몸 쪽으로 향했다. 스트라이크존에서 살짝 휘어지는 슬라이더였다. 하지만 몸 쪽 공을 노리고 있던 최영기는 망설이지 않고 방망이를 휘둘렀다.

따악!

먹힌 소리와 함께 타구가 2루수 정면으로 굴렀다. 최영기가 이를 악물고 1루로 내달렸지만 공을 잡은 2루수 조창식은 여유롭게 1루수 최태식에게 공을 던졌다.

"나이스!"

동료들의 깔끔한 수비를 지켜본 송일섭이 글러브를 두드렸다. 마음에 들지 않던 선두 타자를 깔끔하게 처리하니 마음이 홀가분해진 것이다.

뒤이어 송일섭은 2번 타자 조상우를 상대했다. 박하선은 최영기를 상대했던 패턴대로 공을 요구했다.

초구와 2구는 빠른 포심 패스트볼, 3구는 슬라이더.

조상우는 초구와 3구째 방망이를 휘두르고 2구는 걸러 냈다.

볼카운트 투 스트라이크 원 볼.

'한 번 더 던져 보자.'

박하선은 4구째도 슬라이더를 요구했다. 하지만 송일섭이 고개를 저었다. 3구째 파울을 만들어낸 조상우의 타이밍이 나쁘지 않았기 때문이다.

잠시 고심하던 박하선이 사인을 변경했다.

체인지업.

슬라이더만큼이나 송일섭이 자신 있어 하는 공이었다.

송일섭은 망설이지 않고 고개를 끄덕였다. 그리고 박하선의 요구대로 바깥쪽 꽉 찬 코스로 체인지업을 던졌다.

'포심이다!'

송일섭이 공을 던지자 조상우는 망설이지 않고 방망이를 내밀었다. 하지만 공은 방망이가 닿기 직전에 홈 플레이트 쪽으로 뚝 떨어져 버렸다.

"스트라이크, 아웃!"

조상우의 스윙을 확인한 심판이 날카롭게 소리쳤다.

"좋았어!"

송일섭의 입에서도 절로 탄성이 터져 나왔다.

해명 고등학교의 테이블 세터를 처리한 뒤 송일섭은 3번 타자 곽영철을 맞았다.

곽영철과의 승부는 쉽지 않았다. 4번 타자 김재신 못지않은 강타자라 제구에 특히 신경을 써야 했다.

초구는 바깥쪽으로 빠져나가는 슬라이더(볼).

2구는 몸 쪽을 파고드는 포심 패스트볼(스트라이크).

3구는 바깥쪽으로 낮게 떨어진 체인지업(볼).

4구는 또다시 몸 쪽을 파고든 포심 패스트볼(스트라이크).

투 스트라이크 투 볼 상황에서 박하선은 몸 쪽 높은 포심 패스트볼을 요구했다. 곽영철이 몸 쪽 공에 제대로 대응하지 못하고 있으니 타자들이 좋아하는 하이 패스트볼로 유도하자는 이야기였다.

송일섭도 고개를 끄덕였다. 그런데 정작 공이 한가운데로 몰렸다. 그리고 그 공을 곽영철은 놓치지 않았다.

따악!

곽영철이 힘껏 잡아당긴 타구가 3유간을 꿰뚫고 빠져나갔다.

해명 고등학교의 첫 안타.

2사 이후였지만 해명 고등학교 응원석이 들썩거렸다.

하지만 1회 초 안타는 그것이 전부였다. 송일섭이 다음 타자인 4번 타자 김재신을 투 스트라이크 원 볼 상황에서 커브로 유인해 유격수 플라이 아웃으로 잡아낸 것이다.

"좋았어!"

비록 안타를 하나 내줬지만 1회 초를 무실점으로 막아낸 송일섭의 표정은 밝았다. 마치 내 실력이 어떠냐 하고 뽐내는 듯한 느낌마저 들었다.

그러나 정작 강동원은 남다른 감회에 빠져 송일섭의 표정을 살피지 못했다.

"내가 결승전 무대를 밟게 될 줄이야."

강동원은 아직도 실감이 나지 않았다. 과거에는 없었던 봉황기 결승전 선발 등판이었다. 오늘 경기는 온전히 자신이 만들어 가는 것이었다.

그 모습이 불안하게 보인 것일까. 한문혁이 성큼성큼 마운드로 올라왔다.

"마, 긴장했나?"

한문혁이 퉁명스럽게 말했다. 평소답지 않은 강동원이 경기장 분위기에 주눅 들었다고 오해한 것이다.

"아니."

강동원이 냉큼 고개를 저었다. 하지만 한문혁은 그 말을 쉽게 믿지 않았다.

"크크, 자식! 긴장했네."

"아니라니까."

"문디 자슥, 긴장해도 괘안타. 결승전 아이가."

한문혁이 다 이해한다는 표정을 지었다. 강동원이 긴장한 거 아니라고 재차 말해봤지만 들은 척도 하지 않았다.

"그래. 긴장했다, 긴장했어! 이제 됐냐?"

"문디 자슥, 그래도 내 믿고 맘 편히 던지라. 알것제!"

한문혁이 긴장을 풀어주듯 강동원의 엉덩이를 툭 하고 때렸다.

"병 주고 약 주냐?"

강동원은 그저 어이가 없었다. 그러자 한문혁이 강동원의 어깨에 손을 올리고는 해명 고등학교 응원석 쪽으로 몸을 돌렸다.

"봐라, 널 위해 응원하러 온 사람들을 말이다. 억수로 많이 왔제."

한문혁을 따라 강동원의 시선도 응원석으로 향했다. 그곳에는 한문혁이 놀랄 만큼 많은 사람이 응원을 하며 앉아 있었다.

"단디 해라."

"알았다."

"진짜 단디 하라고."

"알았다니까."

강동원의 의지를 확인한 한문혁이 씩 웃었다. 그러다 뭔가를 발견하고는 갑자기 눈을 끔뻑거렸다.

"그런데 동원아, 점마들은 뭐꼬?"

한문혁이 응원석 옆쪽으로 턱짓을 했다. 그곳에는 낯선 외국인들이 망원경을 들고 앉아 있었다.

"보면 몰라? 외국인이잖아."

"그라니까. 점마들이 여기 왜 있냐고."

"요즘은 외국인도 고교 야구를 보나 보지."

"치아라, 마. 니 나랑 장난 똥 때리나? 딱 보면 모르긋나? 점마들 메이저리그 스카우터 아이가!"

한문혁이 확신하듯 말했다. 자연스럽게 강동원의 눈동자에 힘이 들어갔다.

그런 강동원의 시선을 느낀 듯 외국인들이 경기장을 향해 가볍게 손을 흔들어 보였다.

'정말 메이저리그 스카우터인가?'

강동원은 잠시 마음이 설□다. 생각해 보면 이때는 고교 투수 랭킹에서 첫손에 꼽히던 시절이었다. 메이저리그 스카우터들이 와서 구경하는 것도 이상한 일은 아니었다.

하지만 지금은 메이저리그 스카우터에 정신이 팔려 있을

때가 아니었다.

"다른 거 신경 쓰지 말고 지금은 그냥 경기에 집중하자."

강동원이 두근거리는 심장을 억누르며 말했다. 그런 강동원을 보며 한문혁이 피식 웃어 보였다.

"알겠다. 오늘 경기나 일단 잘하제이. 그리고, 동원아."

"왜?"

"혹시라도 메이저리그에서 오라 하면 그냥 콱 마, 메이저리그 가뿌라. 알았제?"

한문혁이 강동원의 어깨를 글러브로 가볍게 툭 치고 후다닥 마운드를 내려갔다. 아직 제 앞가림도 제대로 못하는 자신이 메이저리그 운운하기가 민망해진 것이다.

하지만 한문혁이 남긴 말은 여운처럼 강동원의 귓가에 울렸다.

'메이저리그, 메이저리그라⋯⋯. 정말 내가 메이저리그에 갈 수 있을까?'

상념에 빠진 채 강동원은 손에 든 로진백을 한참 동안이나 만지작거렸다. 그러느라 덕선 고등학교 1번 타자 이인구가 타석에 들어왔다는 사실조차 인지하지 못했다.

"동원아!"

해명 고등학교 더그아웃 쪽에서 소리가 나자 그제야 강동원의 시선이 이인구에게 향했다. 그러자 이인구가 보란 듯이 얼굴을 구겼다.

'건방진 자식, 날 무시해?'

이번 대회에서 이인구의 방망이는 뜨거웠다.

타율 4할, 출루율 5할.

컨택 능력이 좋아 패스트볼은 물론이고 변화구 공략에도 능했다.

'커브만 믿고 까부나 본데 두고 봐. 모조리 쳐주겠어.'

이인구가 눈을 반짝이며 자세를 취했다. 강동원도 한문혁의 사인을 기다렸다.

한문혁은 포수 마스크 사이로 이인구의 자세와 선 위치를 파악했다.

'첫 번째 공은 바깥쪽 패스트볼.'

한문혁의 사인은 받은 강동원이 고개를 끄덕였다. 그리고 천천히 와인드업을 한 뒤 바깥으로 살짝 빠져 앉은 한문혁의 포수 미트를 향해 힘껏 공을 던졌다.

후우웅! 퍼엉!

바람 소리를 내며 날아간 공이 한문혁의 미트에 곧장 꽂혔다. 하지만 심판은 공이 빠졌다고 판단했다.

"볼!"

하지만 관중석 곳곳에서 탄성이 터져 나왔다. 전광판의 구속이 155㎞/h가 찍혀 있었기 때문이다.

'생각보다 빠른데?'

이인구도 타석에서 살짝 벗어나서는 고개를 갸웃했다. 강동열도 155㎞/h에 달하는 빠른 공을 던지는데 그 공보다 강동원의 공이 더 빠르게 느껴졌다.

'우연일 거야.'

이인구는 찝찝함을 털고 다시 타석에 들어섰다.

한문혁은 이번에도 같은 코스를 요구했다. 이인구가 초구를 지켜만 봤으니 2구도 통할 거라 여겼다.

가볍게 고개를 끄덕인 뒤 강동원이 힘차게 공을 던졌다. 하지만 이번에도 어깨에 힘이 들어갔는지 또다시 공이 빠져 버렸다.

그런데도 전광판의 구속은 154㎞/h가 찍혔다. 초구의 구속이 우연이 아니라는 게 곧바로 입증된 것이다.

하지만 강동원은 웃지 못했다. 분명 컨디션은 좋은 것 같은데 좀처럼 제구가 잡히지 않고 있었다.

맞히는 재주가 탁월한 이인구를 상대로 투 볼로 몰려 있었다. 타자에게 절대적으로 유리한 볼카운트였다.

이번에 스트라이크를 잡지 못하면 이인구가 출루하게 될지 몰랐다.

"후우……."

로진백을 주무르며 강동원이 길게 숨을 골랐다.

'침착하자.'

강동원은 애써 마음을 진정시켰다. 그리고 천천히 한문혁을 바라봤다.

잠시 고심하던 한문혁이 몸 쪽으로 파고드는 슬라이더를 요구했다. 이인구가 노리고 있을 테니 죽이 되든 밥이 되든 맞혀주자는 이야기였다.

하지만 슬라이더는 강동원이 가장 자신 없어 하는 공이었다.

'싫어!'

강동원이 고개를 흔들었다. 그러자 한문혁이 그럴 줄 알았다며 곧장 커브 사인을 내보냈다.

'오케이.'

글러브 속에서 강동원이 커브 그립을 쥐었다. 단순히 그립을 고쳐 잡은 것뿐이지만 강동원의 얼굴에는 곧바로 자신감이 차올랐다.

강동원은 포심 패스트볼보다 커브에 더 자신 있었다. 포심 패스트볼과 똑같은 투구 폼에서 내던지는 커브는 고교 야구 전문가들조차 혀를 내두를 정도였다.

'몸 쪽으로 꽉 차게.'

머릿속으로 다시 한번 공의 궤적을 그린 뒤 강동원이 한문혁의 미트를 향해 힘껏 공을 던졌다.

볼카운트가 몰려 있기 때문에 볼을 던지는 건 바보짓이었다. 그렇다고 타자가 쉽게 치도록 한복판으로 몰리는 공을 던져서도 안 됐다.

다행히도 공은 빠르게 회전하며 이인구의 몸 쪽으로 파고들 듯 날아갔다. 그리고 마지막 순간에 뚝 하고 떨어졌다.

이인구가 움찔하며 반응했지만 차마 방망이는 내밀지 못했다.

"스트라이크!"

잠시 망설이던 구심이 오른 손을 들어 올렸다. 그러자 이인구가 당황한 얼굴로 구심을 바라보았다.

분명 머리 쪽으로 날아오는 공이었다. 그래서 떨어지더라도 높이 빠지는 공일 것이라 생각했다.

그런데 스트라이크라니.

"들어왔어요?"

이인구가 확인하듯 물었다. 그러자 구심이 퉁명스럽게 대답했다.

"왜? 불만 있어?"

"아, 아닙니다."

이인구가 냉큼 고개를 돌렸다. 한문혁의 미트 위치를 놓고 보자면 구심의 판정도 어느 정도 이해는 갔다. 다만 강동원의 커브의 낙폭이 생각보다 좋다는 게 문제였다.

게다가 무브먼트도 장난이 아니었다. 공이 좌타자 몸 쪽으로 살짝 휘어지듯 들어오다 보니 좀처럼 타격 타이밍을 잡기가 어려웠다.

머릿속이 복잡해진 이인구는 한참 만에 타석으로 되돌아왔다. 그런 이인구를 바라보며 한문혁이 씩 웃었다.

'짜슥! 점마가 괜히 리틀 최동원인 줄 아냐. 단디 봐라. 이제부터가 진짜다.'

또다시 커브가 들어올 거라는 이인구의 예상과는 달리 한문혁은 4구째는 바깥쪽 체인지업을 요구했다.

포심 패스트볼과 커브만큼은 아니더라도 체인지업은 강동원이 즐겨 던지는 구종 중 하나였다.

강동원은 한문혁이 요구한 대로 바깥쪽으로 살짝 가라앉는 체인지업을 던졌다.

그리고 엉겁결에 방망이를 내민 이인구는 떨어지는 공에 헛스윙을 하고 말았다. 공의 움직임도 좋았지만 3구째 들어온 커브에 대한 잔상 때문에 좀처럼 타이밍이 맞지 않았다.

"후우……."

타석에서 한 발 벗어난 이인구가 무겁게 한숨을 내쉬었다. 절대적으로 유리했던 투 볼이 투 스트라이크 투 볼로 바뀌어 버렸으니 마음이 갑갑해졌다.

'여기서 끝내자.'

이인구의 초조함을 느낀 한문혁이 기다렸다는 듯이 사인을 냈다.

구종은 커브.

코스는 한복판.

'좋아.'

사인을 확인한 강동원이 고개를 끄덕였다. 그러고는 한문혁의 미트를 노려보며 힘차게 공을 내던졌다.

후앗!

강동원의 손끝에서 공이 빠져나오기가 무섭게 이인구는 구종을 알아챘다.

커브였다.

그리고 3구의 낙폭을 감안했을 때 홈 플레이트에 도착하기 전에 바운드가 될 볼이었다.

만약 성격 급한 타자였다면 강동원의 이 커브에 헛스윙을 하고 물러났을 것이다. 하지만 이인구는 달랐다.

'기다린다.'

이인구는 혹여라도 방망이가 제멋대로 빠져나갈까 봐 아예 타석에서 한 걸음 물러섰다.

그런데.

'뭐, 뭐야?'

바닥으로 고꾸라져야 할 공이 낮은 포물선을 그리며 그대로 한문혁의 미트 속으로 빨려들어 가 버렸다.

'이건 말도 안 돼!'

자신을 농락하듯 한복판으로 들어온 커브를 바라보며 이인구가 속으로 비명을 내질렀다. 하지만 야속한 구심은 이인구를 조금도 배려해 주지 않았다.

"스트라이크! 타자 아웃!"

구심의 삼진 콜이 요란스럽게 울렸다.

"좋았어!"

마운드에 선 강동원도 가볍게 자신의 글러브를 때렸다.

관중석에서 강동원을 관찰하던 메이저리그 스카우터들의 입에서도 절로 감탄이 터져 나왔다.

"와우."

"저게 바로 강동원의 두 번째 커브인가?"

"말로만 듣긴 했는데 대단하군, 대단해."

오래전부터 강동원을 지켜봐 왔던 스카우터들은 하나같이 엄지손가락을 치켜들었다. 하지만 뒤늦게 강동원에게 관심을 갖기 시작한 스카우터들은 영문을 모르겠다는 표정이었다.

"저게 뭐야?"

"저거 커브 맞아?"

"내가 먼저 물었잖아. 제키, 네 눈에도 커브 같진 않았지?"

"저게 무슨 커브야? 강동원이 저렇게 밋밋한 커브를 던지는 투수였다면 한국까지 오지도 않았다고."

몇몇 스카우터는 불쾌한 표정을 짓기까지 했다. 그만큼 강동원이 4구째 던진 커브는 조금도 매력적으로 느껴지지 않았다.

그러나 강동원을 여러 차례 관찰해 온 스카우터들의 생각은 달랐다.

"물론 커브볼 자체만 놓고 보자면 첫 번째 커브볼이 훨씬 좋았지. 하지만 상황을 생각해 보라고. 강동원은 포심 패스트볼과 커브 투 피치 투수라고. 체인지업과 슬라이더를 던지긴 하지만 거의 대부분이 포심 패스트볼 아니면 커브야."

"게다가 강동원의 커브는 낙폭이 커. 한국의 고교 레벨에서는 쉽게 볼 수 있는 커브가 아니라고."

"하지만 커브가 생각만큼 빠르지 않기 때문에 얼마든지 걸러낼 수가 있어. 그렇다고 커브를 매번 스트라이크존에 던질수도 없잖아."

"그러니까 저런 밋밋한 커브를 곁들이기 시작한 거야. 아직 미완성이지만 고교 레벨의 투수가 저런 시도를 한다는 것자체가 대단한 일이라고."

메이저리그 스카우터들은 강동원의 커브가 메이저리그에

서 통하기란 무리라고 판단했다.

낙폭은 좋지만 공이 느렸다. 게다가 낙폭이 크다 보니 높은 코스의 커브는 스트라이크 판정을 받기 어려웠다.

강동원도 이런 약점을 누구보다 잘 알고 있었다. 그래서 작년부터 전성기 최동원의 커브 그립을 새로 익히기 시작했다.

아직 손에 익지 않은 탓에 공이 밋밋하게 날아갔지만 지금처럼 타자들의 눈을 현혹시키기에는 충분했다.

메이저리그 스카우터들은 강동원이 이 최동원표 커브를 자신의 것으로 만든다면 한 단계 더 성장할 수 있을 것이라고 기대했다.

최고 구속 155㎞/h에 이르는 포심 패스트볼에 곁들일 만한 수준 높은 커브볼이 완성된다면 메이저리그에서도 하위 선발이 가능할 것이라 내다봤다.

하지만 강동원은 단순히 최동원표 커브를 흉내 내려 드는 게 아니었다.

진정한 목표는 커브의 완성. 마음먹은 대로 커브의 구속, 낙폭, 무브먼트를 조절하는 것이었다.

그런 점에서 이인구를 삼진으로 돌려세운 커브는 높은 점수를 주기 어려웠다.

'아직도 밋밋해. 다음번에는 조금 더 회전을 걸어봐야

겠어.'

강동원이 천천히 로진백을 두드렸다. 그사이 덕선 고등학교의 2번 타자 조창식이 타석에 들어왔다.

한문혁의 시선이 자연스럽게 조창식에게 향했다. 타석 맨 앞에 선 채 콤팩트한 자세를 취하고 있는 조창식의 타격 스타일은 확실히 예사롭지가 않았다.

'짜슥, 동원이 커브가 신경 쓰여서 바짝 앞에 달라붙었나 본데 그런다고 동원이 공을 칠 수 있는 게 아이다.'

한문혁이 강동원에게 사인을 보냈다.

손가락 하나.

포심 패스트볼을 던지라는 이야기였다.

한문혁의 사인을 받은 강동원이 가볍게 고개를 끄덕였다. 그리고 글러브를 가슴 근처에 올리고 그 안에서 포심 패스트볼 그립을 잡았다.

강동원이 투구 준비를 마치자 한문혁이 내민 미트가 바깥쪽 낮은 코스로 움직였다. 오른손 타자인 조창식에게는 가장 멀게 느껴지는 곳이었다.

강동원은 그곳을 향해 힘차게 공을 던졌다.

후앗!

바람 소리와 함께 날아든 공이 미트를 향해 곧장 날아갔다. 순간 조창식이 어깨를 움찔거렸지만 공은 그보다 먼저 홈 플레이트를 지나쳐 버렸다.

퍼억!

강동원의 공이 미트에 박혔다. 순간 한문혁의 손끝이 찌릿하게 울렸다.

'크으! 자식! 죽여주네.'

한문혁이 기분 좋게 이맛살을 찌푸렸다. 조금만 잘못 받아도 손바닥에 멍이 잡힐 만큼 묵직한 공이었지만 제대로 포구했을 때의 느낌은 그야말로 황홀할 정도였다.

"나이스 볼!"

한문혁이 강동원을 향해 힘껏 공을 던졌다.

퍽!

강동원의 입가에도 절로 웃음이 걸렸다.

원 스트라이크.

강동원은 다시 투수판을 잡고 곧바로 던질 준비를 했다.

한문혁의 사인은 이번에도 포심 패스트볼이었다.

표정을 보아하니 조창식은 포심 패스트볼 하나로 상대하기로 마음을 먹은 모양이었다.

강동원은 가볍게 고개를 끄덕거렸다. 그리고 조창식에게 생각할 시간을 주지 않기 위해 곧바로 투구 동작에 들어갔다.

'미트 단단히 받쳐 들어라!'

강동원이 이를 악물며 한문혁의 미트를 향해 공을 던졌다. 조금만 몰려도 장타로 연결되는 게 바로 포심 패스트볼이었다. 그렇다 보니 공 하나 하나에 최선을 다할 수밖에 없었다.

후앗!

바람을 가르며 날아든 공이 이번에는 조창식의 몸 쪽을 날카롭게 파고들었다.

순간 조창식이 움찔하며 허리를 뒤로 뺐다. 공이 너무 깊어 하마터면 맞을지도 모른다는 착각이 든 것이다.

그러나 공은 한문혁의 미트 속에 정확하게 파고들었다. 그러자 주심도 망설이지 않고 오른팔을 들었다.

"스트라이크!"

조창식이 말도 안 된다는 눈으로 구심을 바라봤지만 달라지는 건 아무것도 없었다.

"후우……."

대기 타석에서 그 대결을 지켜보던 3번 타자 한현민이 무겁게 한숨을 토해냈다.

눈 깜짝할 사이에 투 스트라이크였다. 그것도 빠른 공을 잘 치는 조창식에게 연속 포심 패스트볼을 던져 볼카운트를 잡아냈다.

물론 조창식이 강동원의 커브를 의식해 지나치게 타석 앞

쪽에 들어선 점이 불리하게 작용했을 수도 있었다.

하지만 고작 그 이유로 돌리기에는 강동원의 포심 패스트볼이 생각 이상으로 빠르게 느껴졌다.

'강동열이 사촌 형이라 이건가.'

한현민의 긴장 어린 시선이 강동원에게 향했다. 그 순간 투수판을 밟고 있던 강동원이 가볍게 고개를 끄덕였다.

'설마 이번에도 포심 패스트볼일까?'

한현민도 방망이를 들어 올렸다.

그러자 강동원이 기다렸다는 듯이 공을 내던졌다.

6장
봉황기 결승전(2)

후앗!

강동원의 손끝을 빠져나간 공이 다소 높게 날아들었다. 처음에는 공이 빠졌나 싶었지만 한문혁이 살짝 엉덩이를 들어올린 게 일부러 하이 패스트볼을 요구한 모양이었다.

'치면 안 돼!'

한현민이 속으로 소리쳤다. 저 공을 골라내지 못한다면 강동원과의 대결에서 이길 수가 없었다.

하지만 이미 투 스트라이크에 몰린 조창식은 눈높이로 들어오는 공을 걸러낼 여유가 없었다.

후웅!

조창식의 방망이가 시원하게 허공을 갈랐다. 그와 동시에 미트에 파묻힌 공이 요란하게 경기장을 울렸다.

"스트라이크, 아웃!"

주심이 요란스럽게 오른팔을 휘둘렀다.

삼진.

덕선 고등학교가 자랑하는 테이블세터가 전부 삼진으로 물러나고 말았다.

"크아아아! 동워나아아아!"

"크아! 직이네. 마, 다 직이쁴라!"

강동원이 경기 초반부터 구위를 뽐내자 해명 고등학교 응원석이 떠들썩해졌다. 어지간해서는 흥분하지 않던 중계진도 강동원의 호투에 들뜬 목소리를 감추지 못했다.

─강동원 선수, 경기 초반부터 두 개의 탈삼진을 잡아내며 에이스로서의 존재감을 뽐내고 있습니다.

─역시 좋은 투수네요. 프로 스카우터들이 강동원 선수에게 눈독을 들이는 이유를 알 것 같습니다.

─항간에는 자이언츠의 1차 지명을 받을지도 모른다는 말들이 많은데 어떻게 생각하십니까?

─충분히 가능하다고 생각합니다. 올해 대학 선발급 투수들 중에서도 강동원 선수만 한 투수는 드무니까요.

─만에 하나 1차 지명에 실패하더라도 2차 지명에서 1라운

드 지명은 충분히 가능해 보이는데요.

—자이언츠가 강동원 선수를 포기하길 바라는 구단이 적잖을 것으로 생각됩니다. 하지만 오늘 경기를 자이언츠 스카우터들이 보고 있다면 글쎄요. 강동원 선수를 어떻게든 잡으려고 할 것 같습니다.

손혁수 해설위원은 강동원이 자이언츠에 1차 지명될 가능성이 높다고 단언했다.

그러나 정작 경기를 지켜보고 있던 자이언츠의 스카우트 팀도 강동원의 예상 밖 호투에 당황하는 모습이었다.

"뭐, 뭐야? 저 녀석 어깨 다쳤다며?"

"그러게요. 분명 그런 소문이 나돌았는데……."

"구속이 얼마야?"

"3구째 153 나왔습니다."

"153? 구속이 좀 떨어진 거야?"

"아뇨, 아까 155까지도 나왔으니까 예전하고 별반 차이 없어 보입니다."

"젠장할."

스카우트 팀장이 얼굴을 구겼다. 강동원의 어깨가 고장 난 게 틀림없다며 새로운 선수를 1차 지명해야 한다고 프런트에 말한 게 바로 오늘 아침인데 강동원이 아무런 문제가 없다니. 참으로 난감한 노릇이었다.

그렇다고 이제 와서 다시 강동원에 대한 정보가 잘못됐다고 말하기도 어려웠다. 그랬다간 괜히 다른 선수들에게 뒷돈을 받은 게 아니냐는 의심을 사게 될지 몰랐다.

"최 대리! 그러니까 내가 뭐랬어? 강동원 잡아야 한다고 했지!"

"예? 그, 그게 무슨……."

"왜 이제 와서 오리발이야! 김 대리도 들었잖아. 지난번에 최 대리가 한 말."

스카우트 팀장이 애꿎은 팀원을 물고 늘어졌다. 이렇게 된 이상 팀원의 잘못된 조사 때문에 벌어진 해프닝으로 돌릴 수밖에 없었다.

"그, 그랬던 것 같기도 하고……."

"그랬던 게 아니라 그랬어. 내가 확실히 기억한다고. 내 말 무슨 소리인지 알아들어?"

스카우트 팀장의 억지에 팀원들이 고개를 떨어뜨렸다. 더럽고 치사했지만 스카우트 팀장이 발뺌하기로 작심한 이상 둘 중 누군가는 책임을 져야 할 것 같았다.

4

강동원은 오른손으로 로진백을 힘껏 주물렀다. 그리고 덕선 고등학교 더그아웃 쪽을 바라보며 후 하고 로진 가루를 불어냈다.

자연스럽게 덕선 고등학교 선수들의 표정이 굳어졌다. 어지간해서는 감정 표현이 없는 최인창 감독조차 강동원의 도발에 미간을 찌푸렸다.

그사이 덕선 고등학교 3번 타자인 한현민이 타석으로 들어왔다.

"후우……."

한현민은 시작부터 무겁게 한숨을 내쉬었다. 대기 타석에서 본 강동원의 포심 패스트볼이 좀처럼 잊히지 않은 것이다.

그렇다고 강동원의 커브를 노리는 것도 쉽지 않았다.

'볼카운트가 불리하면 위험해. 최대한 빨리 승부하자.'

머릿속을 정리한 한현민이 방망이를 들어 올렸다. 포심 패스트볼과 커브 어느 쪽도 만만치 않았지만 둘 중 하나를 때려내야 한다면 머릿속에 남아 있는 포심 패스트볼 쪽이 낫다고 여겼다.

그래서 한현민은 조창식과는 반대로 타석 뒤 쪽에 자리를 잡았다. 커브가 날아오기 전에 포심 패스트볼을 노려 승부를 보겠다는 계산이었다.

'커브는 버리겠다 이긴가?'

한현민의 타격 자세를 확인한 한문혁이 묵묵히 고개를 끄덕였다. 포심 패스트볼과 커브, 둘 다 노릴 자신이 없다면 한현민처럼 하나만 노리는 것도 나쁜 선택은 아니었다.

'일단 패스트볼로 카운트를 잡자.'

잠시 고심하던 한문혁이 손가락을 움직였다.

그 사인에 강동원이 곧바로 와인드업에 들어갔다. 그리고 한문혁의 미트를 향해 힘껏 공을 던졌다.

후앗!

강동원의 손끝을 빠져나간 공이 한현민의 몸 쪽으로 곧장 날아들었다.

한현민이 반사적으로 방망이를 휘둘러 보려고 했지만 대기 타석에서 봤던 것보다 강동원의 공은 더 빨리 홈 플레이트를 스쳐 지나 버렸다.

퍼엉!

묵직한 포구 소리가 한현민의 귓가를 울렸다.

"스트라이크!"

구심의 손도 여지없이 올라갔다.

한현민이 고개를 재빨리 돌려 포수 미트를 확인했다. 그러고는 고개를 절레절레 흔들었다.

생각했던 것보다 포구 위치가 높았다. 그렇다는 건 공이 마지막까지 살아서 들어왔다는 소리나 다름없었다.

'침착하자, 침착해. 칠 수 있어.'

한현민은 애써 마음을 다잡았다. 강동원의 공이 빠르다곤 하지만 아예 치지 못할 정도는 아니었다. 하나 더 들어온다면 충분히 눈에 익힐 수 있을 것 같았다.

'조금만 더 빨리 방망이를 휘두르자.'

한현민이 속으로 포심 패스트볼의 타이밍을 쟀다. 그러는 동안 한문혁이 강동원에게 2구 사인을 보냈다.

강동원은 이번에도 가볍게 고개를 끄덕거렸다. 그러고는 한현민과 눈을 맞춘 뒤, 있는 힘껏 투수판을 박차고 나왔다.

'포심 패스트볼!'

강동원의 눈빛을 읽은 듯 한현민이 망설이지 않고 방망이를 움직였다. 분명 포심 패스트볼이 틀림없었다. 그렇지 않고서야 자신을 저렇게 노려볼 리가 없다고 여겼다.

후앗!

때마침 강동원의 손을 빠져나온 공이 한현민의 눈에 똑똑히 들어왔다.

'칠 수 있어.'

한현민이 방망이를 쭉 내밀어 공을 쫓았다. 일찍 준비를 한 탓인지 몰라도 느낌상 방망이 중심에 정확하게 공이 걸려 들 것만 같았다.

그런데 방망이와 공이 만나려고 하는 그 순간.

"⋯⋯!"

잘 날아오던 공이 뚝 하고 떨어졌다.

한현민의 방망이가 크게 헛돌았다. 그사이 공은 한문혁의 미트 속으로 들어갔다.

"젠장!"

한현민이 얼굴을 구기며 소리쳤다. 포심 패스트볼이라 생각했는데 체인지업이 들어오다니. 강동원에게 농락당한 것 같아 짜증이 치밀었다.

게다가 볼카운트도 불리해졌다.

투 스트라이크 노 볼.

이제는 강동원의 모든 공을 염두에 둘 수밖에 없었다.

'좋아. 좋아.'

한문혁은 3구째 조창식에게 던졌던 높은 공을 요구했다. 궁지에 몰린 한현민이라면 이 공에 방망이가 따라 나올지 모른다고 여겼다.

하지만 이번에는 공이 조금 높게 빠져 나오면서 한현민을 속이지 못했다.

투 스트라이크 원 볼.

"후우……."

길게 한숨을 내쉬며 강동원이 한문혁을 바라봤다.

한문혁은 손가락 하나를 폈다.

코스는 몸 쪽.

미트의 움직임을 보니 초구에 던졌던 몸 쪽 꽉 찬 스트라이크를 던지라는 소리 같았다.

"좋아."

강동원이 가볍게 고개를 끄덕였다. 그리고 천천히 호흡을 고른 뒤 한문혁의 미트를 향해 힘껏 공을 내던졌다.

후아앗!

바람 소리와 함께 새하얀 공이 한현민의 몸 쪽을 파고들었다. 자연스럽게 한현민의 머릿속에서는 초구에 날아들었던 그 공이 떠올랐다.

'놓치면 안 돼!'

한현민은 이를 악물고 방망이를 돌렸다. 하지만 잠깐 머뭇거리는 사이에 방망이를 빼내는 게 늦었다.

그 결과.

따악.

공이 방망이 손잡이 쪽에 걸려 버렸다.

둔탁한 소리와 함께 공은 1루수 정면으로 굴러갔다.

'빌어먹을!'

한현민은 손이 저려오는 것을 간신히 참으며 이를 악물고 1루로 내달렸다. 하지만 그보다 먼저 1루수 주기하가 재빨리 달려가 공을 캐치한 후 왼발로 베이스를 밟아버렸다.

"아웃!"

1루심이 가볍게 오른팔을 들어 올렸다. 그렇게 1회 말 덕선 고등학교의 공격은 삼자범퇴로 끝이 났다.

세 타자를 가볍게 상대한 강동원이 마운드에서 내려왔다.

"살아 있네~"

더그아웃 앞쪽에 서 있던 한문혁이 강동원에게 미트를 내밀었다.

"살아 있제."

강동원이 씩 웃으며 글러브를 가져다 부딪쳤다.

"자."

더그아웃에 돌아가자 정우성이 마른 수건을 내밀었다. 지난번 강동원의 인터뷰 기사를 읽은 것인지 오늘 아침부터 정우성이 부쩍 살갑게 굴고 있었다.

"고마워."

강동원이 수건으로 얼굴을 닦았다. 딱히 땀이 난 건 아니지만 정우성의 성의를 생각해 닦는 시늉이라도 해야 할 것 같았다.

그사이 한문혁이 이온 음료를 가지고 왔다.

"니는 숨도 안 차제?"

"몇 개나 던졌다고."

"크아, 체력 하나는 억수로 좋데이."

한문혁이 부럽다는 투로 말했다. 단짝이라서가 아니라 강동원의 체력은 탈고교급이라고 봐도 무방할 정도였다.

"그냥 오늘은 컨디션이 괜찮네."

강동원이 피식 웃어 보였다. 준결승전을 쉬워서 체력적으로 부담이 적은 것도 있겠지만 그보다는 결승전 무대에 섰다는 사실이 기분이 좋았다.

하지만 강동원에 이어 마운드에 오른 송일섭은 이루 형용할 수 없을 만큼 기분이 더러웠다. 꼴 보기 싫은 강동열의 사촌 형, 강동원의 호투가 마음에 들지 않은 것이다.

'건방진 새끼들. 두고 봐. 나도 삼자범퇴로 막을 수 있어.'

송일섭이 입술을 잘끈 씹으며 첫 번째 타자를 상대했다.

선두 타자는 5번 타자 주기하.

타율은 낮지만 장타를 때려내는 능력은 갖춘 타자였다.

부산 경남 지역에서 주기하는 4번 타자 김재신과 함께 해명 고등학교 주요 경계 대상으로 꼽혔다. 스코어링 포지션에 주자가 나가면 귀신같이 불러들이는 재주가 있었기 때문이다.

게다가 2사 이후 득점권 상황에서도 강했다. 그래서 주기하는 상대하기 까다로운 타자로 여겨졌다.

하지만 송일섭은 주기하에 대한 데이터를 머릿속에서 완전히 지워 버렸다.

'그래 봐야 부산 촌구석에 있는 놈들.'

송일섭은 초구부터 패스트볼을 내던졌다.

초구는 외곽 꽉 찬 코스.

살짝 아슬아슬하게 걸쳤지만 포수 박하선이 미트를 안쪽으로 밀어 넣으며 스트라이크 콜을 받았다.

2구째 공은 초구와 같은 코스의 공 한 개 빠진 볼이었다. 초구가 눈에 익었을 주기하의 방망이를 끌어내기 위한 공이었지만 애석하게도 주기하는 속지 않았다.

세 번째 공은 높은 코스의 포심 패스트볼이었다. 그리고 주기하는 기다렸다는 듯이 방망이를 휘둘렀다.

따악!

뭔가 둔탁한 소리가 경기장에 울렸다. 하지만 타구는 3루 쪽으로 크게 휘어져 나가고 말았다.

볼카운트 투 스트라이크 원 볼.

투수에게 조금 더 유리한 상황에서 송일섭이 힘껏 공을 내던졌다.

후아앗!

바람 소리와 함께 새하얀 공이 홈 플레이트 바깥쪽으로 날아들었다. 주기하는 그 공을 포심 패스트볼이라 예상하고 방망이를 크게 돌렸다.

후웅!

날카롭게 허리를 빠져 나온 방망이가 공을 집어 삼킬 것처럼 날아들었다. 그런데 홈 플레이트 근처에서 공이 사악 하고 바깥쪽으로 휘어지더니 주기하의 시야 밖으로 사라져 버렸다.

'크윽!'

주기하가 다급히 방망이를 멈춰 세우려 했지만 소용없었다. 이미 홈 플레이트를 지나 버린 방망이는 시원하게 허공을 가르고 말았다.

"스트라이크, 아웃!"

주심의 우렁찬 목소리와 함께 삼진을 선언했다.

"제길!"

주기하가 방망이를 반대 손으로 낚아채며 아쉬운 표정을 지었다.

"별것도 아닌 게."

더그아웃으로 들어가는 주기하를 바라보며 송일섭이 입가를 비틀어 올렸다. 그사이 6번 타자 한문혁이 타석에 들어왔다.

"이 녀석이 제일 형편없는 녀석이지?"

한문혁을 발견한 송일섭이 씩 웃었다.

해명 고등학교 공격의 구멍. 수비력을 빼면 별 볼일 없는 반쪽짜리 포수. 그것이 주전 포수 한문혁에 대한 평가였다.

다른 팀 같았다면 한문혁을 백업 포수로 쓰거나 선발 출전 시키더라도 9번에 가져다 놓았을 것이다.

6번이라는, 중심 타선과 하위 타선을 연결해 줄 중요한 타순에 한문혁을 배치하는 어리석은 짓은 하지 않았을 것이다.

하지만 백업 선수층이 두텁지 않은 해명 고등학교로서는 어쩔 수 없었다.

강동원이 마운드에서 내려가거나 경기 후반 승부처가 찾아오면 해명 고등학교는 공격력이 좋은 2학년 포수 이진성을 투입할 수밖에 없었다.

그때 아무 포지션의 선수와 맞바꿨다간 나중에 수비에 문제가 생길 수 있었다.

그래서 박영태 감독은 이진성의 자리에 한문혁을 그대로 써버렸다. 하위 타선의 공격력이 고만고만한 상황이라 한문혁의 6번 기용이 큰 부담으로 느껴지지도 않았다.

물론 덕분에 송일섭은 중심 타선을 상대한 피로감을 풀고 갈 수 있었다.

"스트라이크, 아웃!"

송일섭은 한문혁을 3구 삼진으로 잡아냈다.

한복판으로 던져도 못 친다는 소문을 확인해 보고 싶어서 정말로 초구와 3구를 한복판으로 던졌는데 한문혁은 헛스윙을 했다. 그러고는 무척이나 분한 표정으로 더그아웃으로 들어가 버렸다.

"뭐야, 저 병신은."

한문혁 덕분에 기분이 좋아진 송일섭은 7번 한상준을 공 하나로 잡아내고 이닝을 마쳤다. 초구에 포심 패스트볼을 던졌는데 한상준이 성급하게 건드렸다가 2루수 땅볼로 물러난 것이다.

덕분에 1회 18구였던 투구 수가 2회 26구로 확 줄어들었다.

'강동원, 보고 있냐?'

마운드를 내려오는 송일섭의 시선이 자연스럽게 강동원에게 향했다.

강동원처럼 빠른 공을 던지지는 못하더라도 해명 고등학교 따위는 언제든지 짓밟을 수 있다는 걸 똑똑히 보여줄 생각이었다.

하지만 정작 강동원은 송일섭의 피칭을 조금도 신경 쓰지 않았다.

마운드에 오른 강동원은 느긋하게 흙을 골랐다. 이곳저곳에 송일섭이 내뱉은 침 자국들이 남아 있어서 치우는 데 제법 시간이 걸렸다.

이후 강동원은 두둑하게 로진백을 두드렸다. 그리고 천천히 투구판을 밟고 섰다.

타석에는 덕선 고등학교의 4번 타자인 최태식이 강동원을 기다리고 있었다.

'최태식, 오랜만이다.'

강동원의 입가로 얼핏 웃음이 번졌다.

해명 고등학교로 전학 오기 전 중학교 시절 때 강동원과 최태식은 전국 대회에서 여러 차례 맞붙었다.

그리고 그때마다 강동원의 승리로 끝이 났다. 지금이야 덕선 고등학교 4번 타자로 이름을 날리고 있지만 강동원에게는 아웃 카운트를 선물해 주는 고마운 친구였다.

'날 얕잡아 보면 큰코다칠 거다.'

강동원의 속내를 읽은 최태식이 질근 입술을 깨물었다. 이번 타석을 통해 예전과 달라졌다는 걸 강동원에게 똑똑히 보여주고 싶었다.

하지만 강동원은 최태식의 장단점을 훤히 꿰뚫고 있었다. 게다가 예전보다 성장한 건 최태식만이 아니었다.

"스트라이크!"

강동원이 내던진 초구가 단숨에 최태식의 몸 쪽을 파고들었다.

전광판 구속은 154km/h.

바깥쪽을 노리고 있던 최태식은 꿈쩍도 하지 못했다.

강동원은 2구째 바깥쪽으로 흘러나가는 슬라이더를 던져 최태식의 헛스윙을 유도했다. 던질 수 있는 구종 중 슬라이더가 가장 자신 없었지만 상대가 최태식이라면 이야기는 달랐다.

예전부터 최태식은 자신의 형편없는 슬라이더를 좀처럼 때려내지 못했다. 최태식의 스윙과 강동원의 슬라이더 궤적이 전혀 맞아떨어지지 않았던 것이다.

덕분에 손쉽게 투 스트라이크를 잡아낸 강동원은 마지막 결정구인 커브를 던져 최태식을 헛스윙 삼진으로 잡아냈다.

뒤이어 타석에 들어선 5번 타자 김인환을 상대로 강동원은 최태식과는 반대로 커브로 초구 스트라이크를 잡아냈다.

이후 바깥쪽 포심 패스트볼과 체인지업으로 파울을 유도한 뒤 마지막 몸 쪽으로 파고드는 153km/h짜리 포심 패스트볼을 던져 김인환을 루킹 삼진으로 잡아냈다.

앞선 4번 타자와 5번 타자가 삼진으로 물러나자 6번 타자 주찬양은 공격 타이밍을 빠르게 가져갔다.

원 스트라이크 원 볼 상황에서 강동원의 바깥쪽 포심 패스트볼을 힘껏 때려낸 것이다.

하지만 쭉 뻗어 나간 타구는 좌익수 정면으로 날아갔다.

코스가 좋았다면 장타로 이어질 수도 있었겠지만 타구는 그대로 좌익수 박인호의 글러브 속으로 빨려들어 갔다.

—강동원 선수. 2회 말, 세 타자를 깔끔하게 잡아냅니다.

—2회인데 벌써 삼진이 네 개째네요.

—송일섭 선수가 7타자를 상대하면서 세 개의 삼진을 잡아냈었는데 강동원 선수가 하나 앞서가고 있습니다.

—삼진 숫자도 숫자지만 투구 내용만 놓고 본다면 강동원 선수가 송일섭 선수보다 훨씬 더 좋은 피칭을 하고 있습니다.

—그렇습니다. 송일섭 선수는 안타 하나를 내준 반면 강동원 선수는 아직까지 퍼펙트 피칭입니다.

—투구 수도 강동원 선수가 훨씬 적습니다. 2이닝 동안 고작 20개를 던졌어요. 반면 송일섭 선수는 26구입니다. 경기 초반이긴 하지만 이 6개의 공 차이가 어떤 결과로 이어질지 궁금해집니다.

강동원이 내려가고 3회 초 다시 송일섭이 마운드에 올랐다.

"젠장, 짜증 나는 새끼."

송일섭은 강동원이 다듬어 놓은 마운드를 다시 자기 스타

일로 고른 후 공을 던질 준비를 하였다.

해명 고등학교 공격은 8번 고준용부터 시작이었다. 6번 이후는 신경 쓸 필요가 있다는 코치의 조언대로 송일섭은 초구부터 포심 패스트볼을 적극적으로 활용했다.

초구는 바깥쪽 꽉 차게 들어간 스트라이크였다. 그리고 2구는 몸 쪽에 붙여 파울 타구를 유도했다.

투 스트라이크.

여기서 송일섭은 성급하게 승부를 걸었다. 고작 고준용을 상대로 투구 수를 늘리고 싶지 않았던 것이다.

하지만 고준용은 생각보다 끈질겼다. 2개의 유인구를 고르고 2개의 파울 타구를 더 만들어낸 뒤 송일섭이 열에 받쳐 던진 하이 패스트볼에 헛스윙 삼진으로 물러났다.

"진짜 별것도 아닌 것들이 짜증 나게 하네."

순식간에 투구 수가 늘어나자 송일섭은 9번 타자 박인호를 빠르게 잡아내려고 했다.

그러나 박인호도 만만한 타자는 아니었다. 하위 타선 중에서는 그나마 공을 맞히는 재주를 가지고 있었다.

그래서 박인호를 상대하는 투수는 대부분 유인구 승부를 가져갔다. 아직 경험이 부족해 유인구에 쉽사리 방망이를 내밀었기 때문이다.

하지만 송일섭은 순진하게 정면 승부를 고집했다.

그 결과 풀카운트까지 가는 접전 끝에 1루수 땅볼로 잡아낼 수 있었다.

"하아. 진짜, 시팔. 엿 같아서 못 해먹겠네."

송일섭이 불만 가득한 얼굴로 마운드의 흙을 걷어찼다. 2회까지만 해도 기분이 좋았는데 고준용-박인호를 상대로 무려 13개의 공을 던졌으니 절로 짜증이 치밀어 올랐다.

그사이 1번 타자 최영기가 타석에 들어왔다.

'이번에는 기필코 친다.'

방망이를 단단히 움켜쥐며 최영기는 기필코 출루를 하겠다고 마음먹었다. 2사 이후이긴 하지만 여기서 호락호락하게 물러서고 싶은 마음은 추호도 없었다.

반면 송일섭의 머릿속에는 1회 초에 상대했던 최영기를 다시 깔끔하게 잡아내고 삼자범퇴로 이닝을 끝마칠 생각으로 가득 차 있었다.

'적당히 하나 던져줄 테니까 빨리 치고 죽어라.'

애써 분을 삭인 뒤 송일섭이 바깥쪽 낮은 코스로 포심 패스트볼을 던졌다. 그러자 최영기가 기다렸다는 듯이 방망이를 휘둘렀다.

따악!

경쾌한 타격음과 함께 타구가 포물선을 그리며 3루 쪽으로 날아갔다.

"좋았어!"

송일섭이 주먹을 움켜쥐었다. 타구가 먹힌 만큼 3루수 김인환이 충분히 잡아줄 것이라 여겼다.

하지만 타구는 생각보다 더 뻗어 나갔다. 김인환이 마지막 순간에 점프까지 해봤지만 타구는 그 위를 살짝 넘어가 버렸다.

데굴데굴 구른 타구가 한참 만에 좌익수 이진섭의 글러브에 걸렸다. 그사이 재치 있는 타자 주자 최영기는 2루까지 살아 들어갔다.

"대체 뭐하는 거야!"

기분 나쁜 두 번째 안타를 허용한 송일섭이 김인환을 향해 악을 내질렀다.

김인환이 떨떠름한 얼굴로 사과를 했지만 송일섭의 화는 풀리지 않았다. 신경질적으로 흙을 걷어찬 뒤 마운드 밖으로 내려가 버렸다. 그러고는 보란 듯이 씩씩거리며 숨을 골랐다.

벌써 두 개째 안타를 맞았다. 평소에도 이닝당 한 명 정도 주자를 내보내 왔으니 2.2이닝 동안 안타 2개를 맞은 건 대단한 게 아닐지도 몰랐다.

하지만 상대 선발인 강동원은 2회까지 안타하나 없이 깔끔하게 막는데 자신은 수비수들조차 도와주지 않는다는 게 화가 났다.

송일섭이 좀처럼 흥분을 가라앉히지 못하자 포수 박하선이 어쩔 수 없다며 자리에서 일어났다.

"죄송합니다. 타임!"

주심이 송일섭의 요구를 받아들여 경기를 잠시 중단시켰다. 그사이 박하선이 마운드 쪽으로 분주하게 걸음을 옮겼다.

그러자 마운드에 서 있던 송일섭이 됐다며 손짓을 보냈다. 그래도 박하선이 다가오자 이번에는 박하선을 향해 버럭 소리를 내질렀다.

"아, 진짜! 올라오지 말라고!"

"타임 불렀어."

"됐으니까 가! 괜히 잔소리하지 말고."

송일섭의 짜증에 박하선은 마운드를 밟지도 못하고 몸을 돌려야 했다. 송일섭의 성격상 더 자극해 봐야 좋을 게 없을 것 같았다.

포수석으로 돌아가는 박하선을 바라보며 송일섭도 애써 마음을 다잡았다.

"빌어먹을 새끼들. 다 죽었어!"

송일섭은 주먹으로 글러브를 몇 번 팡팡 친 후 다시 마운드에 올랐다. 그 모습을 지켜본 박하선이 고개를 끄덕이며 다시 미트를 들어 올렸다.

타석에는 2번 타자 조상우가 날카로운 눈으로 송일섭을 노려보고 있었다.

앞선 타석 때 송일섭에게 삼진을 먹었지만 스코어링 포지션에 발 빠른 최영기가 나가 있는 만큼 어떻게든 안타를 때려낼 생각이었다.

하지만 송일섭은 조금도 겁을 먹지 않았다. 오히려 앞 타석에서 삼진을 잡아냈던 걸 기억하고는 칠 테면 쳐 보라며 배짱으로 공을 내던졌다.

초구 바깥쪽 꽉 찬 포심 패스트볼(스트라이크).

2구 몸 쪽 꽉 찬 포심 패스트볼(볼).

3구 다시 바깥쪽 포심 패스트볼(파울).

그리고 마지막 4구째 바깥쪽으로 휘어져 나가는 슬라이더.

"크아아아!"

조상우의 방망이가 허무하게 허공을 가른 걸 확인한 뒤 송일섭이 크게 포효했다.

이로써 탈삼진 5개.

투구 수가 44구까지 늘어났다는 걸 빼면 완벽에 가까운 피칭이었다.

그러자 3회 말 마운드에 오른 강동원도 기세를 올렸다. 덕선 고등학교 7, 8, 9번 하위 타선을 삼자범퇴로 돌려세운 것이다.

7번 타자 이진섭은 2구째 바깥쪽 체인지업을 던져 3루수 앞 땅볼로 유도했다. 체인지업을 노린 듯 이진섭이 보란 듯이 방망이를 휘둘렀지만 타이밍이 좋지 못했다.

8번 타자 박하선은 초구 커브를 건드려 중견수 플라이로 물러났다. 처음부터 커브만 노린 듯 커브볼이 들어오기가 무섭게 크게 걷어 올렸지만 타구는 끝까지 뻗어 나가질 못했다.

투 아웃을 잡아낸 뒤 강동원은 9번 타자 박준섭을 3구 삼진으로 잡아냈다. 포심 패스트볼─커브─포심 패스트볼로 이어지는 뻔한 볼 배합에 박준섭은 연달아 헛스윙만 해댔다.

"으이그, 저 병신 새끼."

강동원과 삼진 수가 같아지자 송일섭이 욕지거리를 내뱉었다. 강동원을 앞서갈 수 있었는데 박준섭이 멍청하게 삼진을 먹어서 다시 동률이 됐다고 여겼다.

하지만 강동원의 투구를 지켜보는 덕선 고등학교 최인창 감독은 생각이 달랐다.

"후우─!"

최인창 감독은 팔짱을 낀 채 한숨을 내쉬었다. 강동원은 3이닝 퍼펙트에 투구 수도 26개에 지나지 않았다.

반면 송일섭은 같은 이닝 동안 안타 2개를 맞고 44개의 공을 던졌다. 고작 3이닝 만에 투구 수가 18개나 차이가 나버렸다.

　이대로 가면 송일섭은 6회까지가 한계였다. 7회까지 끌고 갈 수도 있겠지만 80구가 넘어서면 구위가 뚝 떨어지는 송일섭에게 결승전 마운드를 맡기는 건 위험한 도박이나 마찬가지였다.

　반면 강동원은 지금대로라면 9회까지도 마운드에 남아 있을 것 같았다.

　"저 녀석을 끌어내리기가 쉽지 않겠어."

　최인창 감독의 시선이 마운드에서 내려가는 강동원에게 향했다.

　"그러게 말입니다."

　옆에 있던 투수 코치 고인문이 동조하듯 고개를 끄덕였다.

　"준결승전에 쉬어서 그런지 공이 더욱더 생생해진 것 같아."

　최인창 감독의 얼굴에 그늘이 졌다. 강동원이 자이언츠에서 1차 지명 이야기가 나올 만큼 좋은 투수라는 건 알고 있었지만 오늘 던지는 걸 보니 기대 이상이었다.

　"아무래도 강동원이 부상당했다는 소문은 헛소문이었나 봅니다."

　타격 코치 한승국도 아쉬움이 가득 담긴 얼굴로 끼어들

었다.

"애당초 부상이었다면 선발로 나왔을 리가 없지."

최인창 감독이 쓴웃음을 지었다. 왠지 박영태 감독의 기만책에 모두가 속아 넘어간 느낌이었다.

최인창 감독의 시선이 잠시 마운드에 선 송일섭에게 향했다. 아직까지 송일섭의 표정은 나쁘지 않았다. 하지만 저표정이 언제까지 유지될지는 그 누구도 장담하기 어려웠다.

"지금 일섭이 상태, 어떤 거 같아?"

최인창 감독이 투수 코치 고인문을 바라보았다.

"나쁘지 않습니다. 구속도 잘 나오고 있고요."

고인문 코치가 긍정적인 대답을 내놓았다.

"저래서 얼마나 버티겠나?"

"글쎄요. 투구 수가 좀 많긴 하지만 해명 고등학교 타선이 그렇게 강하지 않으니까 적어도 7회까지는 버틸 수 있지 않나 싶습니다."

고인문 코치는 송일섭의 능력을 믿었다. 감정적이고 기복이 심해 에이스 자리를 박탈당하긴 했지만 그래도 이런 큰 경기를 믿고 맡길 만큼의 실력은 된다고 여겼다.

하지만 최인창 감독은 긁히는 날에나 잘 던지는 송일섭에 대한 신뢰가 크지 않았다.

"7회라……. 가능하겠어?"

최인창 감독이 미심쩍은 표정을 지었다. 그러자 최인창 감독의 속내를 알아챈 고인문 코치가 냉큼 말을 바꿨다.

"그래도 혹시 모르니 5회부터 불펜을 준비시키겠습니다."

"흠……."

최인창 감독이 이내 고개를 주억거렸다. 그러고는 다른 선수들이 듣지 못하게 나직한 목소리를 내뱉었다.

"지금 바로 동열이 준비시켜."

"네에? 강동열이요?"

"그래, 조금 위험한 상황이 오면 바로 투입할 수 있게 말이야."

"하, 하지만 지금 일섭이 공이 좋은데……."

고인문 코치가 말끝을 흐렸다. 하고 많은 투수 중에 준결승전 선발로 나선 강동열이라니. 이건 송일섭을 대놓고 부정하겠다는 소리나 다름없었다.

하지만 최인창 감독은 송일섭보다 우승이 더 중요했다.

"지금이야 좋지! 언제 무너질지 어떻게 알아?"

"가, 감독님……!"

"야구가 어디 우리 뜻대로 되는 거 봤어? 그러다 오늘 경기 지기라도 하면 고 코치가 책임질 거야?"

"그, 그건……."

"그러니까 준비시키라고. 이 상황이 동열이를 아낄 상황이야?"

"하아……. 알겠습니다. 바로 준비시키겠습니다."

최인창 감독의 불호령에 고인문 코치는 마지못해 고개를 숙였다. 그리고 구석진 벤치에 앉아 있던 강동열에게 다가 갔다.

최인창 감독은 고인문 코치를 끝까지 노려봤다. 혹시라도 이런저런 핑계를 대고 강동열을 준비시키지 않으면 가만 두지 않을 생각이었다.

최인창 감독의 시선을 느낀 고인문 코치는 강동열의 옆자 리에 앉아 대화를 나누었다. 너무 멀어서 소리가 들리지는 않았지만 글러브를 집어 든 강동열을 보아하니 제대로 말을 전하기는 하는 것 같았다.

"그러게 내가 동열이로 가자고 했건만……."

최인창 감독은 쓴웃음을 흘렸다. 송일섭을 내보내도 충분 히 우승할 수 있다고 주장하던 고인문 코치의 굳어진 얼굴을 보니 울컥 하고 감정이 다시 치솟아 올랐다.

본래 최인창 감독은 이번 결승전 선발로 강동열을 내세울 생각이었다. 준결승전에 던졌다지만 결승전 등판이 불가능 하진 않았다.

강동열은 워낙에 체력이 좋고, 회복력도 뛰어났다. 게다가 큰 경기에 강하고 책임감도 있었다. 경기가 제 뜻대로 안 풀리면 조금 전처럼 남 탓을 해대는 송일섭과는 질적으로 달랐다.

최인창 감독은 강동열이 결승 무대에서 포심과 슬라이더, 두 가지 구종만으로 해명 고등학교 타자들을 압도하는 모습을 보고 싶었다.

젊은 시절 선동열을 보는 듯한, 거침없는 강동열의 피칭이야말로 덕선 고등학교 에이스의 피칭이라고 여겼다.

그렇다고 송일섭이 못 던진다는 것은 아니었다. 팀의 주축 투수로서는 충분히 자기 역할을 해주는 투수였다.

하지만 강동열에 비해 뭔가 임팩트가 부족한 것 또한 사실이었다.

구속, 무브먼트, 배짱, 경기 지배 능력…… 여러 가지를 놓고 봤을 때 송일섭이 강동열보다 나은 건 나이와 변화구 구종밖에 없었다.

그래서 마음속으로 강동열을 낙점한 상황이었는데…… 얘기치 못한 상황이 벌어졌다. 고인문 투수 코치를 비롯해 3학년 학부형들의 집단 반발로 강동열의 선발이 무산된 것이다.

"결승전인데 2학년 선발이라니요!"

"동열이는 준결승전에 던졌잖습니까. 덕선 고등학교에 투수가 어디 동열이 한 명뿐입니까?"

"일섭이도 좀 생각해 주세요. 감독님이 동열이만 싸고도니까 힘들어하지 않습니까!"

"선수 선발은 공정해야죠. 특정 선수만 편애하는 거 더는 못 봅니다!"

고인문 코치와 학부형들은 한목소리로 강동열 대신 송일섭을 선발하라고 말했다. 이런저런 핑계를 대긴 했지만 진짜 이유는 간단했다.

3학년은 이번 경기를 끝으로 더 이상의 경기에 나설 수 없었다. 졸업하면 끝이기 때문에 프로 스카우터들에게 눈도장을 확실하게 받아야 했다. 그래서 결승전에는 웬만하면 3학년 위주로 출전을 시켜주는 게 관행이었다.

최인창 감독은 전국 대회는 아직 많이 남아 있다며 학부형들을 설득하려 했다. 그러자 학부형들이 그 말을 고스란히 되돌려 주었다.

"이번 대회에서 우승하면 3학년들도 우승고 출신이라고 주목받을 수 있어요!"

"동열이는 후반에 맘껏 쓰세요. 지금은 3학년들이 우선 아닙니까!"

거듭된 학부형들의 반발에 최인창 감독도 어쩔 수 없이 송일섭을 선발로 내세우게 됐다.

다행히도 걱정했던 것과는 달리 송일섭의 컨디션은 괜찮아 보였다. 던지는 공도 위력이 있었다. 간혹 타자들 방망이 중심에 맞아 나가는 것들이 종종 나오고 있지만 그 정도쯤은 이해해 줄 수 있었다.

하지만 상대 선발 강동원에 비하자면 너무나 평범했다.

강동원은 프로에서도 통할 만한 커브로 덕선 고등학교 타자들을 압도하고 있었다.

포심 패스트볼과 커브, 그리고 간혹 던지는 체인지업.

구종은 딱 세 개가 전부인데 덕선 고등학교 타자들은 아직까지도 강동원의 공에 타이밍을 맞추지 못하고 있었다.

반면 송일섭의 공은 점점 해명 고등학교 타자들의 방망이에 맞아 나가고 있었다.

아직까지는 안타가 2개뿐이지만 이대로 회가 거듭하다 보면 정타가 더 많이 나올 수도 있었다. 그때를 대비하기 위해서라도 강동열을 미리 준비시켜 놓을 필요가 있을 것 같았다.

송일섭을 믿지 못하는 최인창 감독이 야속하긴 했지만 고인문 투수 코치도 우승은 하고 싶었다. 그래서 군말 하지 않고 강동열에게 다가갔다.

"동열아."

"네, 코치님!"

"너, 지금부터 몸 좀 풀어라."

"지금요?"

"그래."

"왜요? 지금 일섭 선배 잘 던지고 있는데요."

강동열의 시선이 마운드로 향했다. 투구 수가 많긴 했지만 오늘 송일섭의 피칭은 나쁘지 않아 보였다.

"안다. 하지만 감독님이 너도 준비시켜 놓으라고 하셨다."

"그래요?"

강동열의 시선이 잠시 최인창 감독 쪽으로 향했다. 그러자 최인창 감독이 기다렸다는 듯이 불펜으로 가라며 턱짓을 했다.

"저는 언제쯤 투입되나요?"

강동열의 시선이 다시 고인문 코치에게 향했다.

"자세한 건 모른다. 그러니까 일단 천천히 몸 풀고 있어. 알았지?"

"네, 코치님."

강동열이 대답을 한 후 곧바로 더그아웃을 나갔다. 그리고 불펜 쪽으로 천천히 걸어갔다.

그 모습이 마운드에 서 있던 송일섭의 눈에 고스란히 들어왔다.

"저 빌어먹을 자식이⋯⋯!"

로진백을 만지작거리던 송일섭이 빠득 이를 갈았다.

이제 겨우 4회다. 아직 안타도 2개밖에 내주지 않았다. 그런데 벌써부터 불펜을 준비시킨다는 건 자신을 엿 먹이겠다는 소리나 다름없었다.

송일섭의 날선 눈초리가 강동열을 지나 최인창 감독에게 향했다. 그러자 최인창 감독이 슬쩍 고개를 돌려 한승국 코치에게 말을 걸었다.

'감독님! 내가 뭘 그렇게 잘못했다고 이래요?'

송일섭이 질근 입술을 깨물었다. 마음 같아선 최인창 감독에게 달려가 따져 묻고 싶었다. 하지만 고교 야구에서 감독은 절대 권력자나 다름없었다. 최인창 감독이 송일섭을 망가뜨리겠다고 마음먹는다면 얼마든지 손을 쓸 수 있었다.

송일섭은 애써 최인창 감독에 대한 분을 삭였다. 대신 모든 분노를 강동열에게 쏟아냈다.

"내가 에이스야! 내가 에이스라고!"

송일섭이 거칠게 울부짖었다. 그사이 3번 타자 곽영철이 타석에 들어왔다. 앞선 타석에서 안타를 때려내서일까. 곽영철의 표정은 밝았다.

반면 송일섭은 짜증이 더해졌다. 하필 첫 타자가 곽영철이다 보니 좀처럼 감정을 억누를 수가 없었다.

그리고 그 동요가 투구로 이어졌다.

초구에 던진 몸 쪽 공은 박하선의 요구보다 훨씬 높게 들어왔다. 곽영철이 움찔 놀라 타석에서 뒷걸음질을 칠 정도였다.

박하선은 2구째도 다시 한번 몸 쪽 공을 요구했다. 그러나 2구 역시 초구만큼이나 높게 벗어나 버렸다.

'제발 침착해!'

손짓으로 낮게 던지라고 말한 뒤 박하선은 3구째 바깥쪽 슬라이더를 요구했다. 제구가 잡히지 않는 포심 패스트볼에 집착하기에는 볼카운트가 너무 불리한 상황이었다.

송일섭도 고개를 끄덕이고 공을 내던졌다. 하지만 그 슬라이더마저 바깥쪽으로 빠져나가면서 구심의 스트라이크 콜을 받아내지 못했다.

노 스트라이크 쓰리 볼.

송일섭이 가장 싫어하는 볼카운트가 만들어졌다.

타자에게 사사구를 내주지 않으려면 스트라이크를 던져야 했다. 스트라이크 코스에 던지든, 아니면 타자가 칠 만한 공을 던져 파울이나 스윙을 끌어내야 했다.

그렇게 원 스트라이크 쓰리 볼을 만들면 다시 한번 같은 과정을 반복해야 했다. 그다음에 투 스트라이크 쓰리 볼이 되어도 마찬가지.

타자를 잡아내야 한다는 명목하에 또 한 번 같은 과정을 되풀이해야만 했다.

송일섭은 그렇게 타자들에게 질질 끌려 다니는 게 싫었다.

최고 구속 150㎞/h 수준의 포심 패스트볼로는 타자들을 압도하기 어렵다는 걸 잘 알기 때문이었다.

그래서 송일섭은 주저하지 않고 바깥쪽으로 빠지는 볼을 내던졌다. 그리고 스트레이트 볼넷을 얻어낸 곽영철은 천천히 1루로 걸어 나갔다.

"빌어먹을!"

사사구를 내준 뒤 송일섭이 마운드를 거칠게 걷어찼다. 순간 뿌연 먼지가 공중으로 비상했다. 자연스럽게 송일섭의 얼굴이 더욱 일그러졌다.

"벌써 힘이 빠진 거야?"

그 모습을 바라보고 있던 최인창 감독이 미간을 찌푸렸다. 곽영철에게 준 사사구가 투구 수가 많아지면서 송일섭의 밸런스가 무너진 탓이라고 여겼다.

하지만 고인문 투수 코치의 판단은 달랐다. 송일섭은 강동열이 불펜으로 나가자 의식이 된 나머지 어깨에 힘이 들어간 것뿐이었다.

많이 던질 때는 100구까지도 던지던 송일섭이 공 50개 던졌다고 벌써 지칠 리 없었다.

고인문 코치가 최인창 감독을 대신해 포수 박하선에게 신호를 보냈다. 그러자 박하선이 타임을 부른 후 마운드로 올라갔다.

"진정 좀 해. 어깨에 잔뜩 힘이 들어가 있잖아."

"씨팔! 알고 있어."

송일섭이 거칠게 대답했다.

"흥분하지 좀 마. 결승전이라고."

"젠장할!"

"후우. 제발 부탁이니까 심호흡 한번 하고 어깨에 힘을 빼."

박하선이 애써 짜증을 삼키며 말했다.

"알았으니까 너도 네 자리로 돌아가."

송일섭도 몸을 돌려 로진백이 있는 쪽으로 향했다.

"하아……."

그 모습을 지켜보던 박하선이 무겁게 한숨을 내쉬었다. 뭔가 따끔하게 한마디 해주려고 마운드에 올랐는데 송일섭을 보니 차마 그 말들이 입 밖으로 튀어나오질 않았다.

"일섭아, 하나씩 잡아내자. 지금까지 잘해왔으니까 조금만 힘내고. 알았지?"

박하선은 나직이 중얼거린 뒤 자신의 자리로 돌아갔다. 그렇게 하면 송일섭도 조금은 마음의 짐을 내려놓을 것이라 여겼다.

"후우……. 젠장할."

송일섭도 로진백을 주무르며 애써 분을 삭였다. 박하선의 말이 옳았다. 우승컵이 코앞인데 여기서 이대로 무너질 수는 없었다.

하지만 불펜이 눈에 들어오자 또다시 짜증이 치밀어 올랐다.

"강동열, 이 새꺄. 까불지 마. 내가 이대로 무너질 것 같아?"

송일섭이 신경질적으로 투구판을 밟았다. 타석에는 4번 타자 김재신이 건방진 얼굴로 방망이를 들고 있었다.

질근 입술을 깨물던 송일섭의 시선이 박하선의 가랑이 쪽으로 향했다. 잠시 고심하던 박하선은 손가락을 하나 폈다.

포심 패스트볼.

제구가 잡히진 않았지만 일단은 빠른 공 하나 정도 보여줄 필요가 있다고 여겼다.

송일섭은 고개를 끄덕거렸다. 그리고 박하선의 미트를 향해 있는 힘껏 공을 내던졌다.

"으아아악!"

송일섭의 입에서 절로 악이 터져 나왔다.

퍼엉!

순식간에 허공을 가른 공이 박하선의 미트 속에 파묻혔다.

"스트라이크!"

잠시 고심하던 주심이 이내 오른손을 들어 올렸다. 살짝 높긴 했지만 바깥쪽에 아슬아슬하게 걸쳐 들어왔다고 판단한 것이다.

"나이스 볼!"

박하선이 안도의 한숨을 내쉬며 송일섭에게 공을 돌려주었다. 그리고 곧바로 2구째 사인을 냈다.

사인을 받자마자 송일섭은 곧바로 공을 내던졌다. 공은 초구와 거의 똑같은 코스로 날아들었다.

그 순간 김재신의 방망이가 힘차게 돌아갔다.

따악!

묵직한 타격 소리가 경기장에 울려 퍼졌다. 하지만 타구는 뒤쪽 백네트 쪽으로 넘어가 버렸다.

투 스트라이크 노 볼.

4번 타자 김재신을 상대로 우위를 점한 송일섭의 얼굴이 한결 가벼워졌다.

'여기서 질질 끌 필요 없어. 빠르게 승부한다.'

송일섭은 김재신을 빠르게 잡을 생각이었다.

하지만 포수 박하선의 판단은 달랐다. 공 한 개 정도를 빼서 김재신의 방망이를 끌어내는 편이 낫다고 여겼다.

박하선이 바깥쪽으로 빠져나가는 슬라이더 사인을 냈다. 하지만 송일섭은 냉큼 고개를 저어버렸다.

'조급해하지 마! 일단 공 한 개는 빼자고!'

'됐어! 그럴 필요 없어. 쓸데없이 투구 수 낭비하지 마! 공 하나면 저 녀석을 잡아낼 수 있다고.'

송일섭이 계속해서 고개를 흔들자 박하선도 어쩔 도리가 없었다.

'그래, 알았다. 대신 구종은 슬라이더다.'

'오케이.'

겨우 의견 조율을 끝낸 송일섭과 박하선의 시선이 허공에서 맞물렸다.

그 순간.

타앗!

송일섭이 투구판을 박차고 앞으로 튀어 나갔다.

그와 동시에 송일섭의 손에서 새하얀 공이 튕겨져 나갔다.

후아앗!

바람 소리와 함께 공이 김재신의 바깥쪽을 파고들었다.

그런데…….

'젠장!'

생각보다 공이 더 안쪽으로 말려 들어갔다. 마지막 순간에 손목을 너무 꺾어버린 것이다.

4번 타자인 김재신이 이걸 놓칠 리가 없었다.

'이건 실투다!'

김재신이 힘껏 방망이를 휘둘렀다.

따악!

타구가 순식간에 외야로 뻗어 나갔다.

순간 강동원과 한문혁이 자리에서 벌떡 일어났다. 그러다 중견수와 좌익수 사이로 떨어지는 타구를 확인하고는 그 자리에서 함성을 내질렀다.

"그렇지!"

"이 문디 자스으으으윽!"

중견수 이인구가 이를 악물며 타구를 쫓아간 사이 1루 주자 곽영철은 2루를 지나 3루까지 내달렸다.

그사이 김재신도 1루를 밟고 2루를 향해 내달렸다. 이인구가 재빨리 공을 잡고 유격수 박준섭에게 송구했지만 그때는 이미 곽영철과 김재신이 나란히 2루와 3루에 안착한 뒤였다.

무사 주자 2, 3루.

오늘 경기 처음으로 해명 고등학교에게 기회가 찾아왔다.

"좋았어!"

"역시 우리의 4번 타자다."

"나이스 타격, 김재신!"

해명 고등학교의 더그아웃은 그야말로 축제였다. 강동원도 어쩌면 오늘 경기에서 우승하게 될지도 모른다는 생각에 흥분을 감추지 못했다.

반대로 덕선 고등학교의 더그아웃은 찬물을 끼얹은 듯 무겁게 가라앉아 있었다.

"미치겠군."

최인창 감독의 얼굴은 딱딱하게 굳어져 있었다. 솔직히 성격대로라면 그 시점에서 송일섭을 내리고 싶었다.

하지만 덕선 고등학교 응원석에서 두 눈을 시퍼렇게 뜨고 있는 학부형들 때문에 쉽게 결단을 내리지 못했다.

송일섭도 당황하긴 마찬가지였다. 다 잡아놓았는데 설마하니 그 공이 그렇게 몰려서 2루타를 얻어맞을 줄은 몰랐던 것이다.

'젠장. 이러다 바뀌는 거 아냐?'

송일섭의 시선이 슬그머니 더그아웃 쪽으로 향했다. 하지만 다행이랄까. 최인창 감독은 별다른 움직임을 보이지 않았다.

불펜 쪽도 조용했다. 조금 더 몸 풀 시간이 필요한 듯 무사 2, 3루 위기 상황에도 아무런 반응이 없었다.

"후우……."

송일섭은 일단 가슴을 쓸어내렸다. 다행히도 이 상황을 수습할 만한 기회는 남아 있는 모양이었다.

하지만 이 위기를 넘기기가 쉽지 않아 보였다.

무사 2, 3루였다. 여기서 안타 하나 잘못 맞으면 한꺼번에 두 점을 내주게 될지 몰랐다.

'이런 실수를 하다니. 성급했어. 너무 성급했던 거야.'

송일섭은 스스로를 질책했다. 뒤늦은 후회일지 몰라도

2루와 3루에 있는 주자들을 바라보니 정신이 번쩍 들었다.

'괜찮아, 막으면 돼. 할 수 있어. 어떻게든 막으면 돼.'

송일섭은 입술을 잘근 깨물었다. 그리고 크게 심호흡을 크게 한 후 투수판에 올라섰다.

타석에는 앞서 삼진을 잡아냈던 5번 타자 주기하가 기다리고 있었다.

"자자, 괜찮아. 일단 하나부터 잡자."

포수 박하선이 대신 나서서 수비수들을 독려했다. 그리고는 초구에 몸 쪽 체인지업 사인을 냈다.

득점권에 주자가 나간 상황이라 주기하도 마음이 급할 터. 그 조급함을 역으로 이용할 생각이었다.

송일섭은 군말 없이 곧바로 고개를 끄덕였다. 지금 상황에서는 어떻게든 포수 박하선을 믿고 던지는 수밖에 없었다.

눈으로 2루 주자와 3루 주자를 한 번씩 견제한 뒤 송일섭이 천천히 숨을 골랐다. 그리고 박하선의 미트를 향해 있는 힘껏 공을 내던졌다.

후앗!

바람 소리와 함께 공이 한복판을 지나 몸 쪽으로 파고들었다. 그러자 주기하도 망설이지 않고 방망이를 휘둘렀다.

따악!

타이밍은 얼추 맞아떨어졌다. 하지만 생각보다 깊게 파고든 공은 방망이의 손잡이 쪽에 걸려 버렸다.

"내가!"

빠르게 굴러온 타구가 3루수 김인환의 글러브 속으로 빨려들어 갔다. 순간 3루 주자 곽영철이 스타트를 끊으려 했지만 몇 걸음 가지 못하고 다시 3루로 되돌아와야 했다.

눈으로 3루 주자를 묶은 뒤 김인환이 빠르게 1루로 공을 던졌다.

퍼엉!

1루수 최태식의 미트 속에 공이 파고들었다.

"아웃!"

1루심이 첫 번째 아웃 카운트를 외쳤다.

"후우……."

힘겹게 원 아웃을 잡아낸 송일섭이 한숨을 돌렸다.

아직 주자 2, 3루라는 상황은 변하지 않았지만 다음 타자는 한문혁이었다. 한문혁만 잡아내면 이 위기를 무실점으로 막아낼 수 있을 것 같았다.

"자자, 이제 아웃 하나야. 다들 집중해서 수비해 줘."

송일섭을 대신해 박하선이 선수들을 독려했다.

"좋아, 좋아!"

"다들 집중해!"

내야수들이 기다렸다는 듯이 목소리를 높였다.

당장 투수를 바꿀 것처럼 굴었던 최인창 감독도 다시 팔짱을 끼었다. 반면 해명 고등학교의 박영태 감독은 고민에 빠져들었다.

"후우, 지금이 확실히 찬스인데……."

박영태 감독의 시선이 6번 타자 한문혁에게 향했다. 포수로서의 재능은 나무랄 데가 없었지만 역시나 타격 능력이 아쉬웠다.

다행히 주자가 2, 3루에 있기 때문에 병살이 나올 가능성은 없다시피 했다. 하지만 이대로 삼진이라도 당한다면 애써 잡은 기회가 허무하게 날아가 버릴 수도 있었다.

"외야 플라이라도 쳐주면 좋은데……."

박영태 감독은 한문혁에게 큰 기대를 하지 않았다. 플라이가 어렵다면 2루나 유격수 쪽으로 깊은 땅볼이라도 쳐줘야 했다. 그래야 선취점을 얻고 경기를 쉽게 풀어갈 수 있었다.

그러나 타율이 2할에도 못 미치는 한문혁에게 그 정도 세심한 타격을 기대하는 건 욕심이었다.

그렇다고 한문혁을 포기하고 가기도 어려웠다. 그다음 타자도 방망이가 신통치 않은 7번 한상준이었다.

"하아, 미치겠군."

박영태 감독의 고민이 깊어졌다. 그때 타격 코치 김명철이 조심스럽게 입을 열었다.

"지금 진성이로 교체하는 게 좋을 것 같습니다."

한문혁이 6번을 치는 건 언제든 이진성과 교체하기 위해서였다. 그리고 이진성이라면 최소한 외야 플라이 정도는 쳐 줄 것 같았다.

하지만 박영태 감독은 이내 고개를 저었다.

"아니야. 그냥 이대로 가."

공격력만 놓고 보자면 이진성을 내세우는 게 옳았다. 하지만 강동원과 호흡을 놓고 보자면 한문혁이 백번 나았다.

강동원이 기대 이상으로 호투하고 있는데에는 한문혁의 공이 컸다.

한문혁만큼 강동원에 대해 잘 알고 강동원의 공을 잘 받아주는 포수는 없었다. 그건 이진성조차 흉내 내지 못할 정도였다.

게다가 아직 경기 초반이었다. 이진성을 내보냈는데 득점에 실패하고 강동원이 흔들리는 상황도 염두에 두어야 했다.

"작전을 내지."

고심 끝에 박영태 감독이 사인을 냈다.

스퀴즈.

냉정하게 놓고 보자면 성공 가능성이 희박한 작전이었다. 3루에 있는 곽영철의 발이 느리고 한문혁의 발도 느렸다. 설사 제대로 번트를 댄다 해도 곽영철이 먼저 홈을 밟으리란 보장은 없었다.

하지만 그렇기 때문에 박영태 감독은 스퀴즈 사인을 냈다. 상대가 방심하는 허점을 파고들어 선취점을 뽑아내겠다는 계산이었다.

박영태 감독의 사인을 받은 한문혁은 당황한 듯 눈을 끔뻑거렸다. 뭔가 작전이 나올지 모른다고 예상하긴 했지만 스퀴즈라니. 박영태 감독이 잘못 사인을 낸 건 아닐까 의심이 들 정도였다.

그러나 박영태 감독의 사인은 스퀴즈가 맞았다. 다시 한번 확인해 봤지만 마찬가지였다.

'우와, 돌아삐겠네. 우째 여서 스퀴즈 작전이 나오노. 이러다 점수 못 내면 우짜지?'

한문혁은 내심 덜컥 겁이 났다. 번트도 자신 없는데 스퀴즈라니. 이러다 경기를 망칠 것 같은 불안함이 치밀었다.

하지만 그것도 잠시. 자신을 가소롭게 바라보는 송일섭을 보고 있자니 괜히 부아가 치밀었다.

'어디 맛 좀 봐라.'

한문혁은 천천히 방망이를 들어 올렸다. 그러다 송일섭의 포심 패스트볼이 한복판으로 들어오자 기다렸다는 듯이 번트를 댔다.

딱.

방망이 중심에 제대로 걸려든 타구가 3루수 파울 라인을 타고 흘렀다. 뒤늦게 앞으로 달려 온 3루수 김인환이 공을 잡기 위해 손을 뻗었다.

그때였다.

"잡지 마!"

송일섭의 다급한 외침이 들려왔다.

순간 멈칫한 김인환이 손을 거두었다. 그사이 3루 주자 곽영철이 홈을 밟았다. 한문혁도 느린 걸음으로 1루를 밟았다.

그때까지도 타구는 파울 라인을 따라 떼굴떼굴 굴러갔다.

타구 주변으로 모여든 덕선 고등학교의 내야진들은 한목소리로 외쳤다.

"나가!"

"나가라고!"

이대로 파울 라인 밖으로 나가 버리면 3루 주자의 득점을 무효로 만들 수 있었다.

하지만 애석하게도 3루 베이스 앞까지 굴러간 공은 마지막 순간에 파울 라인 안쪽으로 들어와 버렸다.

"이런 시팔!"

3루수 김인환이 욕지거리를 내뱉으며 공을 낚아챘다. 그와 동시에 3루심이 페어를 선언했다.

"크아아!"

"득점이다!"

숨을 죽이고 판정을 기다렸던 해명 고등학교 더그아웃이 들썩거렸다.

강동원도 끝내기 홈런이라도 때린 것처럼 오른팔을 들어 올리고 있는 한문혁을 향해 엄지손가락을 들어 올려주었다.

"와아아아아!"

"해명! 해명! 해명!"

해명 고등학교 응원단의 응원 소리가 구장을 떠나갈 듯 울렸다.

"젠장! 젠장할!"

송일섭은 아쉬움을 감추지 못했다.

그때 잡았다면 홈 승부가 가능했을 텐데.

한문혁을 삼진으로 잡아내고 싶은 마음에 욕심을 부렸던 게 화근이었다.

"괜찮아, 진정하고 다시 시작하자."

포수 박하선이 다가와 송일섭을 달랬다. 뒤이어 내야수들에 더블플레이에 대비하라는 수신호를 보냈다.

"후우……."

송일섭은 길게 한숨을 내쉬었다. 그리고 더그아웃 쪽을 바라봤다.

선취점을 내줬다. 게다가 1사 1, 3루 위기가 계속되고 있었다.

투구 수는 여유로웠지만 자신을 못마땅하게 여기는 최인 창 감독이라면 투수를 바꿀지도 모른다고 여겼다.

그러나 최인창 감독은 이번에도 움직이지 않았다. 마치 '네가 싼 똥은 네가 알아서 치워라'라고 말하는 것 같았다.

'내가 마무리 지어야 해. 더 이상 실점하면 안 돼.'

송일섭은 다시금 마음을 다잡았다. 그사이 해명 고등학교에서는 7번 한상준이 타석에 들어섰다.

3루 주자를 한 번 바라본 뒤 송일섭은 고개를 돌려 박하선을 바라봤다. 잠시 고심하던 박하선은 초구에 슬라이더를 요구했다.

우타자 몸 쪽으로 휘어져 들어가는 슬라이더.

타격 능력이 떨어지는 한상준의 방망이를 끌어내 땅볼을 유도하자는 이야기였다.

'그래, 한번 해보자.'

송일섭이 단단히 고개를 끄덕였다. 그리고 천천히 세트 포지션에 들어갔다.

3루 주자 김재신이 보란 듯이 리드 폭을 넓혔지만 신경 쓰지 않았다. 어차피 자신의 집중력을 흐트러뜨리려는 잔재주에 불과했다. 지금은 어떻게든 한상준과 승부를 봐야 하는 상황이었다.

"후우······."

다시금 천천히 숨을 내뱉으며 송일섭이 투수판을 박차고 앞으로 나갔다.

후아앗!

송일섭의 손끝을 빠져나간 공이 한상준의 몸 쪽으로 파고들었다. 그 공이 한상준의 눈에는 꼭 한복판으로 몰려 들어오는 것처럼 보였다.

따악!

한상준은 망설이지 않고 방망이를 휘둘렀다. 하지만 마지막 순간에 몸 쪽으로 꺾여 들어간 공은 방망이 안쪽에 걸린 뒤 힘없는 3루수 앞 땅볼로 변했다.

"내가 잡아!"

3루수 김인환이 득달같이 달려와 공을 낚아챘다. 그리고 홈으로 달려드는 3루 주자 김재신을 무시한 채 곧바로 2루로 던졌다.

퍼엉!

송구가 한문혁보다 먼저 2루에 도착했다.

"아웃!"

2루심의 아웃 콜을 확인한 2루수 조창식이 냉큼 1루로 공을 던졌다.

퍼엉!

그 송구가 간발의 차이로 1루수 최태식의 미트 속에 빨려 들어갔다.

"아웃!"

1루심이 기다렸다는 듯이 오른팔을 휘둘렀다. 그와 동시에 송일섭의 입에서 함성이 터졌다. 5-4-3으로 이어지는 병살을 만들어낸 것이다.

"제기랄!"

1루까지 전력 질주했던 한상준이 악을 내질렀지만 달라지는 건 아무것도 없었다.

그렇게 해명 고등학교는 추가 득점에 실패했다.

스코어 1 대 0.

고작 한 점의 리드를 안고 강동원이 더그아웃에서 나왔다.

만약 다른 투수 같았다면 아쉬움을 감추지 못했을 것이다. 최소 2점 이상 얻을 수 있는 상황이 허무하게 날아갔으니 허탈한 마음도 들었을 것이다.

하지만 강동원은 웃었다. 동료들이 내준 점수가 고작 1점이지만 강동원에게 있어서 그 무엇보다도 든든했다.

'한 점도 주지 않을 거야. 한 점도!'

마운드에 올라선 강동원은 단단히 마음을 먹었다. 그리고 한 점의 리드를 지키기 위해 이를 악물고 공을 내던졌다.

1번 타자 이인구 3구 삼진!
2번 타자 조창식 또한 3구 삼진!

두 타자를 연속 삼진으로 돌려세운 가운데 3번 타자 한현민을 맞이하게 되었다.

"후우……."

강동원이 한현민 쪽을 향해 길게 로진 가루를 불었다. 그 모습이 꼭 싸우고 싶어 안달한 사람처럼 보였다.

'점마 왜 저렇게 오버해 쌌노. 진정해라.'

한문혁은 지나치게 흥분한 강동원을 향해 진정하라는 사인을 보냈다.

하지만 강동원은 괜찮다며 웃어 보였다. 지금 기분은 그야말로 최고였다. 한현민이 최태식만큼 위험한 타자인 건 사실이지만 지금 기분으로는 그 누구도 이겨낼 수 있을 것 같았다.

그 자신감이 지나쳤던 걸까.

따악!

초구에 던진 커브가 한현민의 방망이에 제대로 걸려 버렸다.

'헉!'

강동원이 속으로 헛바람을 들이켜며 몸을 돌렸다. 타격음만 놓고 봤을 때 그대로 담장을 넘긴다 해도 이상할 게 없었다.

하지만 천만다행히도 타구는 점점 왼쪽으로 휘어져 나가
더니 파울 라인을 벗어나 버렸다.

파울 홈런.

강동원의 가슴이 철렁 내려앉을 뻔한 순간이었다.

"마! 내가 진정하라켔제!"

타구를 확인한 한문혁이 냉큼 마운드로 달려와 잔소리를
늘어놓았다. 커브를 던질 때는 항상 신중해야 하는데 흥에
겨운 나머지 너무 밋밋하게 들어와 버렸다.

"미안, 미안."

강동원이 애써 웃으며 한문혁을 달랬다.

"진짜 단디 해라. 아랐제?"

"그래, 단디 할게."

성난 한문혁을 겨우 돌려보낸 뒤 강동원은 길게 숨을 골
랐다. 우승에 대한 목마름 때문일까. 자신도 모르게 너무 성
급하게 승부를 걸었다는 생각이 들었다.

"너무 오버했어. 그래, 진정하자."

애써 마음을 다잡은 뒤 강동원이 한문혁을 바라봤다. 그러
자 한문혁이 보란 듯이 사인을 냈다.

손가락은 하나.

코스는 바깥쪽.

강동원이 한문혁의 미트를 향해 힘껏 공을 내던졌다.

퍼엉!

묵직한 포구 소리와 함께 구심이 스트라이크를 외쳤다.

투 스트라이크 노 볼.

투수에게 절대적으로 유리한 볼카운트가 찾아왔다.

한숨 돌린 강동원이 다시 한문혁의 사인을 기다렸다. 그러다 한문혁의 손가락을 확인하고는 피식 웃고 말았다.

놀랍게도 그 사인은 초구와 똑같았다.

'후후, 역시 내 마누라야!'

'그럼 인마야. 내 말고 누가 니 마누라 하겠노. 자, 이번에는 실수하지 말고 던지라.'

한문혁과 눈빛을 주고받은 뒤 강동원이 투수판을 박차고 앞으로 나갔다.

후앗!

강동원의 손가락을 빠져나간 공이 큰 포물선을 그리더니 스트라이크존 한가운데로 뚝 떨어졌다.

"크아악!"

앞선 포심 패스트볼에 현혹되었던 한현민이 이를 악물며 방망이를 움직였다. 하지만 제대로 손가락에 걸린 커브볼은 한현민의 스윙 궤적을 피해 그대로 한문혁의 미트 속에 파묻혔다.

"스트라이크 아웃!"

주심이 더 볼 것도 없다는 듯이 삼진을 외쳤다. 동시에 강동원도 힘껏 주먹을 쥐어 들었다.

세 타자 연속 삼진.

4회까지 퍼펙트였다.

to be continued

스킬의 제왕

이형석 퓨전 판타지 장편소설

인간군 검병2부대 소속, 강무열.
과거로 돌아오다.

검과 마법, 그리고 정령까지.
인류가 염원하는 그 힘을 얻을 방법이 내 기억 속에 남아 있다.
미래의 스킬을 아는 자.

후회의 전생을 딛고 신의 땅에서
인류의 멸망을 막기 위해
제왕이 되고자 일어서다!

"이제 내가 권좌에 오르겠다."